廚房用品
書

MTA
交通卡
路線指引
地圖
紐約
佛羅里達
再見了，
布莉！
傑克森老師班上的所有同學
我會想念你的！
塔莎
拜拜，布莉
一露西亞
崔佛
親愛的，盡情享用
義大利麵和披薩吧
一喬伊
佛羅里達
野生動物
口袋指南
棱皮龜
瓶鼻海豚

前進吧！游泳隊

SWIM TEAM

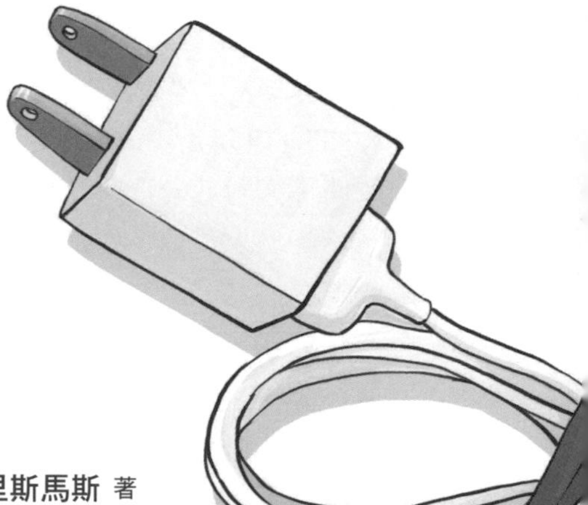

強尼・克里斯馬斯 著

黃意然 譯

《前進吧！游泳隊》——
游出個人榮耀，泳於文化的傳承與接力

文／國立臺東大學兒童文學研究所副教授　葛容均

簡單說，圖像小說的前身為連環漫畫。歐美連環漫畫家們率先企圖打破「漫畫僅供娛樂消遣之用」、「兒童才看漫畫」等刻板印象，進而不斷挖掘題材、持續擴展圖文敘事的疆界，造就了「圖像小說（Graphic Novel）」此一類別。時至今日，圖像小說已成為人類圖文藝術歷史上一塊不可或缺的拼圖，這塊名為「圖像小說」的拼圖值得被更廣大的認識，而由這塊拼圖所能成就的版圖則無可限量。

由已負「#1 紐約時報最暢銷圖像小說家」盛名的強尼．克里斯馬斯為青少年讀者所繪著的《前進吧！游泳隊》（Swim Team: A Graphic Novel，2022）榮獲一長串入圍及獲獎紀錄[1]。但並非是這長串紀錄榮耀此部作品，而是作家與該作本身已先榮耀自己。《前進吧！游泳隊》不僅勵志，還言說歷史——特別是美國種族隔離政策時期（1876-1965）[2]所導致黑人游泳文化傳承的失去，以及因迫害歷史致使黑人對於游泳所產生的心理恐懼，而這份恐懼不只是少女主角布莉的個人恐懼，它是份更廣大且影響深遠的集體恐懼，猶如漣漪效應。

而強尼．克里斯馬斯正可藉由這部作品抗拒「可是……黑人都不擅長游泳」此等種族陰影和自信低落的心理漣漪代代擴散。作家於本作內一再採取溫柔，而非仇恨的姿態傳遞鼓舞信息：黑人孩子們，你們若不會游泳，這不是你們自身的錯，而是你們不了解歷史的前因後果。作品中，艾塔女士在教會布莉游泳前，先讓布莉獲悉那段充滿歧視與仇恨——包括泳池設施資源分配不公和海灘使用權不平等——的歷史過往，這是作家將角色個人故事置入更龐大的歷史與族裔敘事架構中。

在此般敘事技巧下，如第三章標題〈深水區〉本身便值得玩味。該章不僅作為布莉從先前兒童池的初體驗邁入深水池，即，布莉游泳成長史的重要跨步。作者更於此章中，以貫穿本作之「拼圖」意涵及其象徵，藉由艾塔女士一角，為布莉與讀者拼圖出一個完整跨頁的黑人游泳技能與文化，而在下個翻頁拼塊出隔離政策與種族歧視，對同樣想要享受泳池與海灘和游泳之樂的黑人們所造成的侵害，以及後續黑人們的抗爭史。那些於頁面上巧面安排的缺失拼塊意味著這段黑暗歷史的在場，尤甚者，黑人游泳文化傳承的斷裂、缺席與更臻於完整的世代交棒和接力。這，即為大小讀者所應有所知曉的「深水區」。

不論是否為黑人族群，閱讀這部作品亦可勉勵其他族裔的大小讀者。對於自己的文化認知確實不能一直停留在「兒童池」，唯有知曉自身文化與歷史的「深水池」，方能游出個人榮耀，泳於文化的傳承與接力。是以，《前進吧！游泳隊》絕非只是部簡單的勵志作品。同樣，圖像小說能藉由圖文共舞拼圖出的敘事與美學，也繼續前進吧！

1　參見作家官方網站：https://johnniechristmas.com/press-kit#awards。擷取日期：2024/06/10。亦推薦參閱此網站上的 FAQ，作家分享童年險些溺水的經驗，談論黑人社區泳池設備的不足與匱乏，以及書寫此作亦為戰勝自己等訊息。

2　可參見《翰林雲端學院》網站上簡要說明：https://pse.is/62s2tc。擷取日期：2024/06/10。

寫給未來的泳者，
無論他們身在何處

1

蝴蝶

布魯克林
有短吻鱷？
有啊。
還有海龜？
沒錯，佛羅里達也有那些動物。
爸，新的浴缸有多大？
布莉，我們可不打算養海牛喔。
不過我的確買了你想要的益智玩具，讓你在旅途中玩。
（倒抽口氣）
爸——
這難度很高喔，我們可以買個簡單一點——
才不要呢，爸！我一定會解開的！
那好吧，我們上路嘍！

我很快就可以解開了。
可惜等我解開以後，沒辦法拿給朋友看……
因為到那時候我已經到另一州，上另一所學校了……
嗨，我叫布莉
你知道嗎……
你去上這所新的學校，讓我想到了蝴蝶效應。
那是什麼？
我從來沒跟你說過蝴蝶效應嗎？
沒有……
這位是我的爸爸，拉爾夫。
我爸參加了在佛羅里達州的培訓計畫，我想是資訊科技或編寫程式方面的。
再加上送貨司機的工作，所以實際上他將會有兩份工作。
這就是我們搬家的原因。
蝴蝶效應就是在解釋小小的變化如何引發了巨大影響的過程……概略的說就是……
一隻蝴蝶在很遠的地方拍動翅膀，例如在北京上空。

可以換成布魯克林嗎？
當然可以。一隻蝴蝶在布魯克林上空拍動翅膀。
紐澤西州
而這樣的拍翅讓風起了小小的變化……
以家有高材生為傲的父親
南卡羅萊納州
風又讓波浪產生了微小的變化。
所有的這些小小變化，累積起來就造成了巨大的改變……

佛羅里達州
等到這些變化
發生在很遠、很遠的
地方時……
比如說
佛羅里達州嗎？
對，好比
佛羅里達州。
聖約克預備中學
游泳隊
5連霸！
歡迎來到
棕櫚海岸
那些小小的翅膀
可以引發呼嘯的狂風、
洶湧的海浪，
以及猛烈的風暴……

或者是陽光
明媚的大晴天——
永遠沒有人知道！
微小的變化，會帶來難以
預料的巨大影響！
而且這種情況不只
是發生在蝴蝶身上，
人也是一樣。
我們會以自己意想不到
的方式影響別人。
就像我
還不知道
答案的謎題？
就是那樣！
你也會對你的新學校產生影響喔！
或許是在加入數學社團以後？
我爸很重視學業。
他老是
說……
記住，你所受的教育是沒人能夠
從你身上奪走的東西。
先專注在課業上，
以後再來擔心
交朋友的事。
聖約克今年
又會一路過關斬將，
再度參加州
錦標賽！
他們的教練
是不是有點
太嚴格了？
就是要這樣才能贏啊！
這麼說
也沒錯啦。

菜單上有好多跟游泳和水相關的雙關語喔。
嗯，我來看看……
菜單
漂浮冰淇淋
淡菜盃
百慕達派三角
虎鯨凱薩
薯條船
海邊煎蛋捲
蒸汽船
珍珠島特餐
海鯛夾心冰棒
海蝕柱
我猜老闆喜歡游泳？
親愛的，要再來點果汁嗎？
或許只要一點「水花」就好，女士。
爸，不錯吧？
非常棒的「雙關語」，布莉。

為了樂觀面對這次搬家，我一直在想能夠讓自己開心的事。
布莉最喜歡的事
跟爸爸一起做功課！
做菜！
上圖書館！
呃，布莉，那你不喜歡哪些事情呢？
誰問你了？
你把鑰匙弄丟了嗎？
可是有時候負面的想法會占上風，我會想到那些讓我緊張害怕的事。
你擔心的事情太多了！
那是老鼠嗎？
我會質疑、不相信自己，即使我並不想這樣。
你被鎖在家門外了。

布莉不喜歡的事

到了！
我們的新家！
我們搬進去吧！
興不興奮？
游泳池使用守則
討厭的游泳池。
我可以挑選自己的房間嗎？
隨你喜歡，挑任何房間都可以。

只要是小間的都行。
嘿嘿。
爸，很難笑耶。
快搬完了！你搬那箱沒問題嗎？看起來有點重。
我可以。
那太好了！我有東西要拿給房東。
這真的滿重的……
我馬上回來！
爸──

爸爸在這箱子裡
裝了什麼啊？
磚頭嗎？
歡迎！
你一定是布莉吧！
唉呀！
是啊……
沒錯，我是──
我是艾塔，
就住在樓上。
我剛才碰到了
你爸爸。
他告訴我，
你喜歡玩
益智遊戲？

我的手臂快要——
我也喜歡
益智遊戲！
最常玩的
是拼圖。
我還有用
自己的舊照片
做成的拼圖。
除了有我的貓、
度假時的回憶，
還有老朋友的
照片呢！
她看起來需要人
解救……
我們可以一起玩拼圖。
喔，好啊。

嗨，
艾塔女士。
克萊拉，
你要去游泳池嗎？
沒錯。
你有什麼需要就跟我──
艾塔女士，再見！
你任由她說下去的話，
她會嘮叨個沒完的。
哈哈，
她也沒那麼糟啦。

我叫布莉。
克萊拉。
握手
我們應該是上同一所學校。
伊妮絲？伊逆斯？
對，就是伊妮絲・布里吉莎中學。
也許我會在學校見到你。
好啊，到時見。
布莉，你在這兒啊！那個箱子裡裝的是書嗎？
難怪會這麼重！
我一直在找這本書呢，嘿嘿。
爸——幫幫忙！

上學第一天
6:59
鈴
按
7:00
我迫不及待了！
現在來看看……我要用哪個文件夾呢？
當然是我最喜歡的文件夾嘍！
敲
敲
敲
布莉，坐下來把早餐吃完。
我好興奮，第一天上學耶！
跳
跳
跳

伊妮絲·
布里吉莎中學
勤問問題！
常保好奇！
伊妮絲·布里吉莎
中等學校
呃，
辦公室在哪裡？
布莉？

我就知道是你！
克萊拉！
在找辦公室嗎？
我找不到。
我可以帶你去，不過讓我先帶你參觀一下學校吧！
好啊，拜託你了。
我們學校不是很豪華，沒有最新的設備。
不過在這裡非常隨興自在，你很快就會適應了。
那是我的朋友亨伯特，他是個藝術家。
瞧，很隨興吧！

歡迎加入數學社
喔，數學社在那裡！
數學是我最喜歡的科目。你呢？
午餐！
開玩笑的。應該是游泳課吧。
我今年要參加游泳隊的選拔。不過，我希望我的數學能夠再好一點。
數學我可以幫你，我們可以一起念書。
就這麼說定了！
好了，辦公室就在那裡。我們待會兒見。
歡迎各位同學
克萊拉，拜拜！

一會兒後
那你第四節的選修課要上什麼？
數學解謎，謝謝。
可惜數學解謎已經額滿了。
額滿？可是……
那是我唯一想上的選修課。
抱歉。
好吧，那年刊呢？
我查一下喔……

抱歉，那堂課也額滿了。
摺紙圓桌？
滿了。
簿記學習園地？
滿了。
沼澤研究小組？
滿了。
下水道維護研討班？
聽起來
很臭……
滿了。
等等，有一堂還沒滿！
是什麼？
游泳入門。
游泳
入門？

第四節課
歡迎來上
游泳入門課。
我是教練，
平內拉。
在我們開始
之前……
我想問大家，
這裡有人
不會游泳嗎？

我……
嗯……
呃。
大聲說出來。有沒有人？
沒有嗎？
很好。
在我們開始上課前，先講一小段歷史……
你們知不知道，我們學校是以第一位贏得奧運游泳獎牌的黑人女子選手來命名？
而且我們的游泳隊差一點就拿到州冠軍！
那是很久以前的事了，不過還是……
所以來參加游泳隊的選拔吧。
這可能是你們最後的機會了。學區委員會打算把游泳池這塊地賣給冰沙宮。
不過，如果我們贏了幾場游泳比賽，他們也許就會打消這個念頭。你們可以扭轉局勢！
不過教練，我喜歡冰沙耶。
他們有賣什麼口味啊？

四十五分鐘後
好了，明天
大家在這裡見。
別忘了帶泳衣喔！
布莉？我是亨伯特。
你是克萊拉的
朋友對吧？
你在課堂上
看起來很緊張。
可能
有一點吧。
別擔心，每個人
都會通過游泳入門
這堂課的。
除非你溺水了！
你
為什麼
不會
游泳？
那
肯定是
你的
問題！

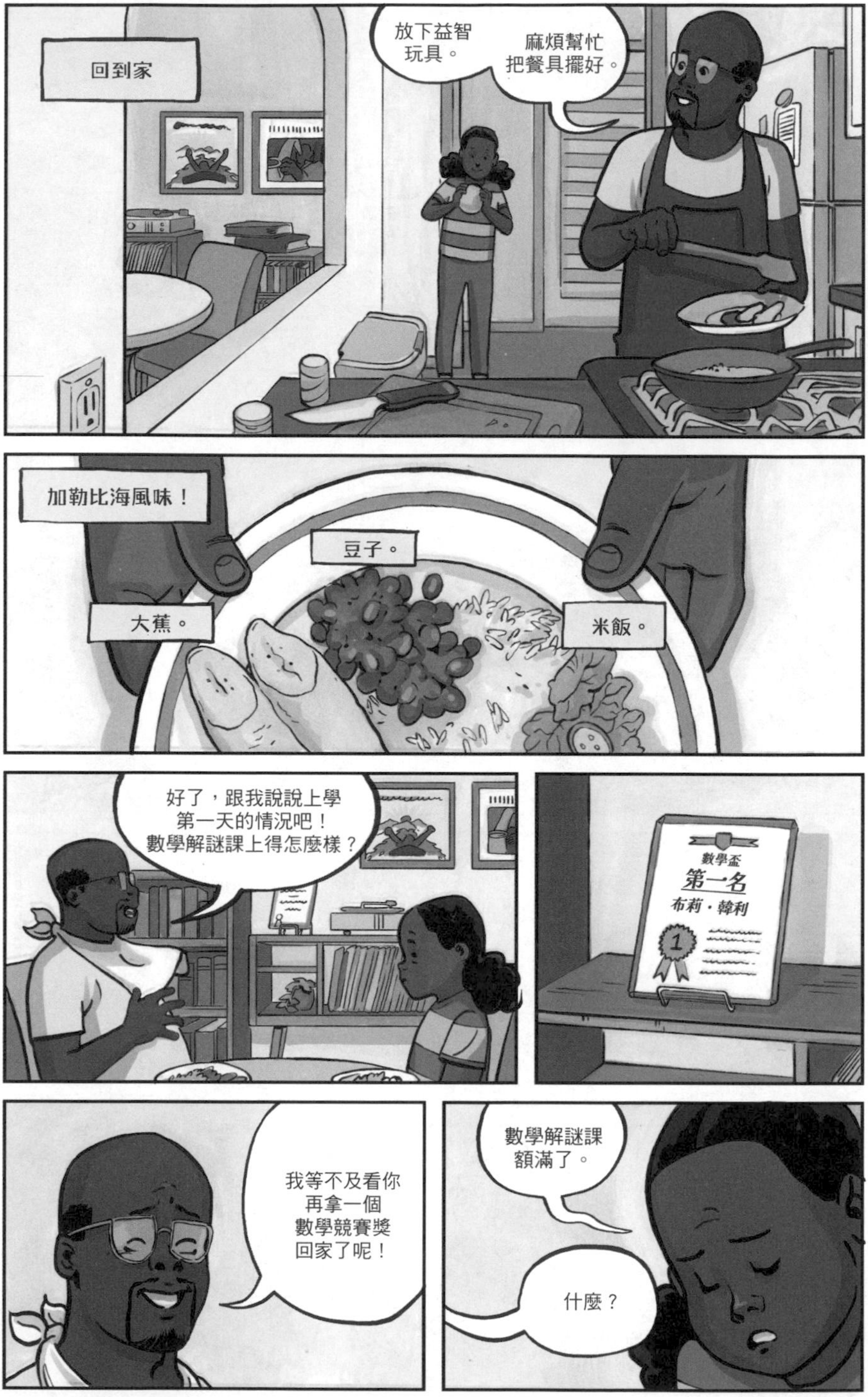
回到家
放下益智玩具。
麻煩幫忙把餐具擺好。
加勒比海風味！
豆子。
大蕉。
米飯。
好了，跟我說說上學第一天的情況吧！數學解謎課上得怎麼樣？
數學盃
第一名
布莉・韓利
我等不及看你再拿一個數學競賽獎回家了呢！
數學解謎課額滿了。
什麼？

怎麼會
有這種事！
就是
說啊！
結果我只好選
了游泳入門。
喔！
嗯，也不算
太糟啦。
那不是糟……
是**糟透了**！
游泳也是很重
要的技能啊。
天呀，爸，
你到底是站在
哪一邊啊？
你下個學期
一定會選到數學
解謎課的。
我也希望是這樣。
好了，請給
我大蕉吧。

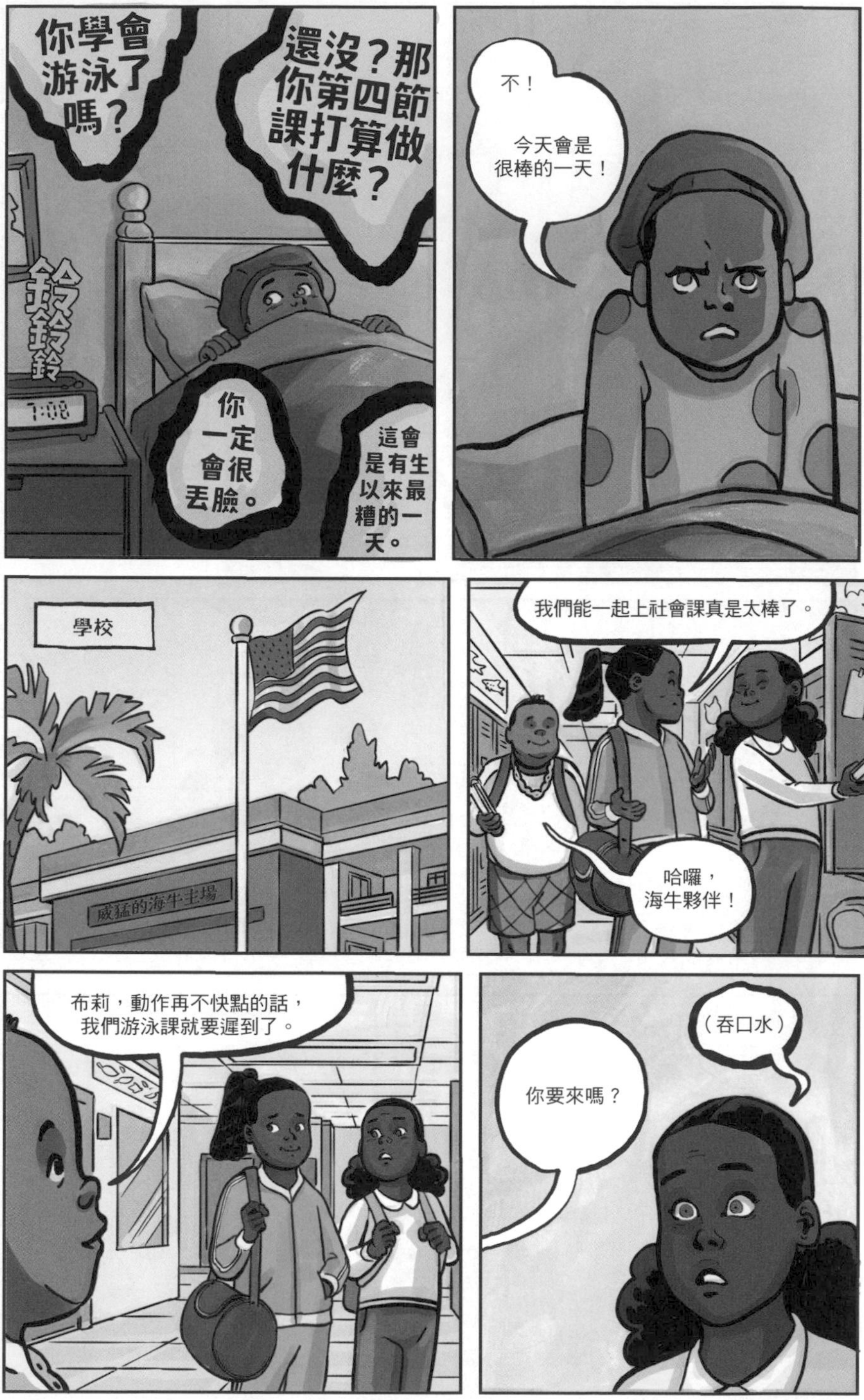
你學會游泳了嗎？
還沒？那你第四節課打算做什麼？
鈴鈴鈴
7:08
你一定會很丟臉。
這會是有生以來最糟的一天。
不！
今天會是很棒的一天！
學校
威猛的海牛主場
我們能一起上社會課真是太棒了。
哈囉，海牛夥伴！
布莉，動作再不快點的話，我們游泳課就要遲到了。
（吞口水）
你要來嗎？

你完蛋了。
EXIT
我們游泳池見嘍。
好。
WOMEN
你忘了你的鎖櫃嗎？
你忘了帶泳衣嗎？
也許你應該躲在更衣室裡。
更衣室
千萬別出去！

不要出去啊！
嘿！嘿！不要把水花濺得到處都是！
死定了
太深了
教練，對不起！
被抓到了！
大家都在盯著你看。
可怕，太可怕了。
根本沒辦法。
大家在水裡看起來都好自在。
大家都在好奇你為什麼沒有穿泳衣。
這游泳池真的好深。

教練，我……
怎麼了？
教練會怎麼說？
真沒用。
我……我覺得不舒服。
你知道保健室在哪裡嗎？
明天一樣在這裡集合。
好。
那你明天要怎麼辦？
你不
你不可能每天都「不舒服」呀。
為什麼我們偏偏要搬到佛羅里達？
到處都是游泳池和海灘。
每
你一輩子都會找藉口來逃避下水。
啊啊……
我永遠都不可能一
不
辦不到。
砰
乾脆現在開始列個清單好了。
我…
身體不舒服。

保健室
我感覺沒那麼不舒服了。
這節課剩下的時間要做什麼呢？
圖書館
WORLD OF
我先做其他學校作業好了。

2

掀起波浪

銀 行
搬到新的城鎮後，
你首先必須要做的……
就是所有無聊透頂的事。
有些選項符合
你的需求……
BOSS
你女兒適應得
怎麼樣？
這是個很棒的
社區。
我在她這個年紀時
交到了最好的朋友。
喀噠
喀噠
喀噠

牙醫診所
而其中很多事都讓人覺得不太舒服。
海牛
撐著點，我們快弄完了。
偶正在奴力逞住……
ㄚ頭，你還好嗎？
我的牙齒感覺好像被噴砂機打磨過。
四個月後見！

做完功課後，
你可以和朋友
去公園玩。
聞起來好像是艾塔女士
正在煮晚餐呢！
嗯——
艾塔女士養的貓
叫柯尼。
嗨，柯尼！
Welcome
艾塔，謝謝你幫
忙照顧她。
我很樂意。
布莉，進來吧！

別客氣，就當
自己家吧！
這是你的拼圖嗎？
沒錯，
你喜歡嗎？
看起來很棒！
Z
Z
Z
Z
膠水
這是晚餐。
看起來好好吃
喔，艾塔女士。

非裔美式美食！
黑眼豆。
羽衣甘藍。
玉米麵包。
羽衣甘藍是按照我祖母的食譜做的。
低溫慢燉。所以慢慢來，好好的品嚐味道吧！
我會的！
喔，你爸說你要先吃完晚餐、做完功課，才能去公園。
要先吃完晚餐？
還要做完功課？
4:45
可是我朋友就快到了！
狼吞虎嚥
對了，吃黑眼豆的時候，我喜歡加一點點——
我的天哪！

不久後
做完了！
布——莉——
克萊拉？
下面這裡！
我們要去公園。
你要一起去嗎？

所以你負責設計學校話劇的服裝嗎？
沒錯。
我是話劇社的首席服裝設計師。
校刊上還有關於我的報導呢！
哇！
我們新的話劇叫做《他們這一班》，內容是描寫一群有錢學校的學生——
聽起來就像在說聖約克預備中學。

聖約克預備中學
是什麼樣的
學校？
是鎮上的私立
學校。
一群有錢的
勢利鬼上的
學校。
聖約克……
比較像是
「剩噁嗑」！
克萊拉之所以討厭聖約克，是因為
他們每年都拿到州冠軍。
我們有次差一點
就贏了……
差一點啊。而且那
是大概五十年前的
事了吧。
哼，不管怎麼說，
我們今年一定會
大獲全勝！

克萊拉，我要
親眼看到才會
相信。
哇喔……
那是誰呀？

說鬼鬼到……那是汀絲莉。
喔……
好酷喔！
我們會參加州錦標賽，而且拿下**混合接力賽**的優勝。
嗯，祝你們好運！汀絲莉可是位游泳健將呢。
呃，克萊拉……
我才不怕聖約克或是汀絲莉！
他們不過就是贏了幾場比賽，大家就一副他們會在水面上行走的樣子。
幾場比賽？
?
在你後面！

汀絲莉——聖約克預備
中學的游泳明星
我想你指的是
「所有比賽」。
我的天啊，
亨伯特，你的衣服
是你媽做的嗎？
事實上，
我的衣服是我
自己做——
難看死了！
哈囉，一一九嗎？我想要通報一樁
時尚緊急事件！
比我想的還要
糟糕！
看看他那雙沒有
品牌的鞋子！
這傢伙還穿著去年
流行的款式？
天哪！那是 iPod 嗎？
那種東西我只在
博物館看過！

這樣你還認為你們能夠參加州錦標賽？
我們的衣服和我的iPod跟參加州錦標賽有什麼關係？
你們學校曾經拿過冠軍嗎？
我們差點就——
你知道我們叫那些「差點」拿到冠軍的人什麼嗎？
廢物！
隨便你怎麼說，凱莎！
你們的學校不應該用游泳冠軍的名字來命名。
我們的學校才應該這麼做。

甩！
總有一天會的，汀絲莉，等你成為知名游泳選手的時候。
有人今天早上有起床氣。
那你呢？
你也要參加「游泳隊」的甄選嗎？
不，我不打算——
當然不會嘍，你看起來根本連游泳都不會。
好了，汀絲莉，我們受夠了你的——

我是說，
你會游泳吧，
還是不會？
不會吧！
你是認真的嗎？
！
！
哈哈哈哈哈

亨伯特，把這個編進你的話劇裡吧！
新來的，你不必覺得丟臉。
這些廢物也不太會游泳。
克萊拉，我們在游泳池見吧。
你就是因為這樣才蹺掉游泳課的嗎？
我想回家了。

你要是繼續蹺課，他們會派海莉去找你。
她可是**紀律糾察**！
她會「搜捕」蹺課的學生。
明天學校見嘍。
剛才那是怎麼回事？
她說的是真的。聖約克預備中學稱霸了游泳比賽。
大多數的游泳選手都想加入他們隊裡，因為他們是州錦標賽的常勝軍。
州錦標賽是每年舉行的大型游泳比賽。
這個我知道。
不管是不是冠軍，讀聖約克那所學校的似乎都是討厭鬼。
去跟我媽說吧，她一直想讓我去讀聖約克呢！

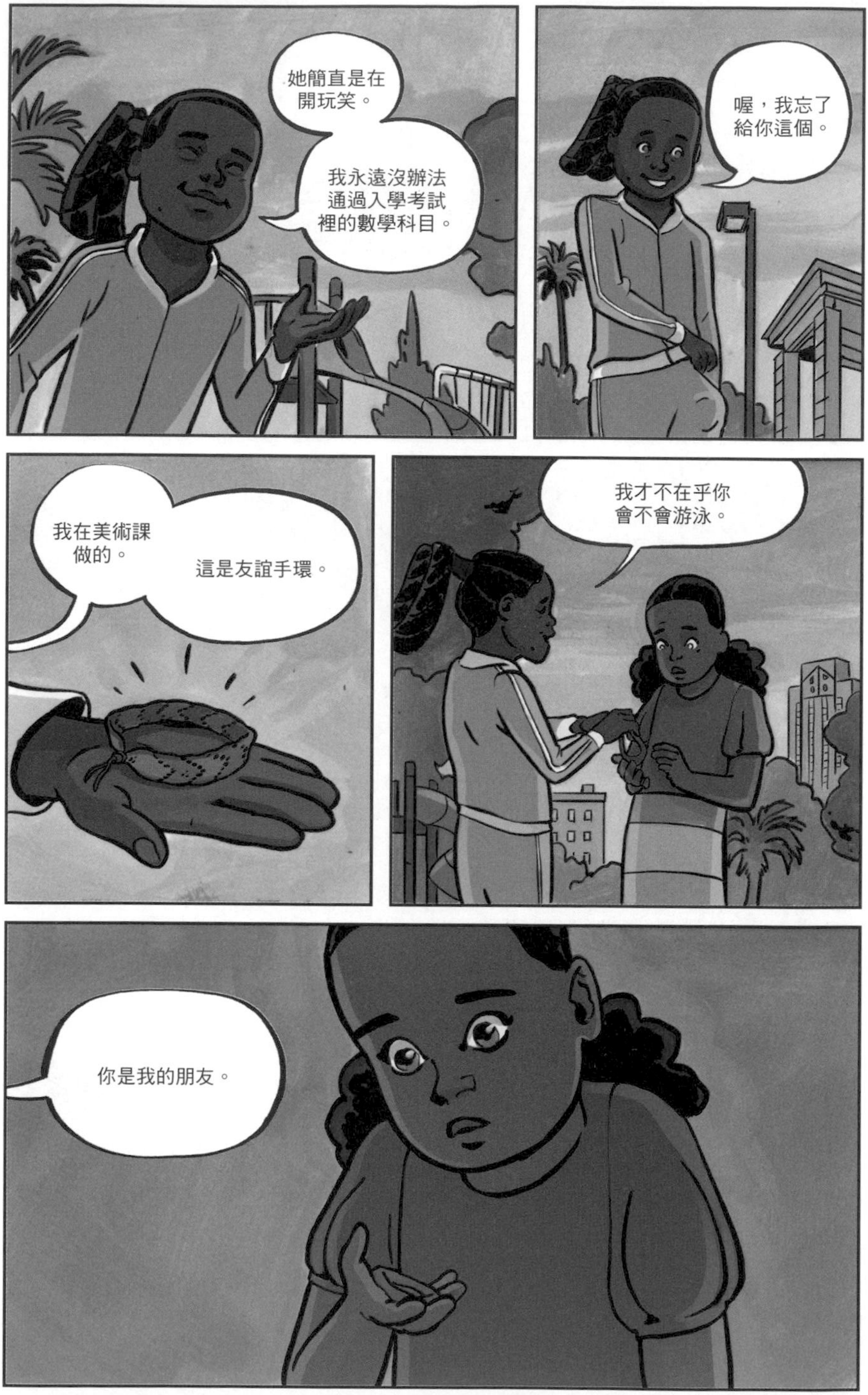

她簡直是在開玩笑。
我永遠沒辦法通過入學考試裡的數學科目。
喔，我忘了給你這個。
我在美術課做的。
這是友誼手環。
我才不在乎你會不會游泳。
你是我的朋友。

我們回家吧！

隔天
布莉，祝你今天游泳課一切順利！
謝、謝了……
亨伯特八成告訴了所有人你不會游泳的事！
他們全都會盯著你看。
我覺得不太舒服，或許我得再去一趟保健室……
你會尷尬得無地自容。
他們還會嘲笑你。

你的大廳
通行證呢？
紀律糾察
啊？
喔，糟糕，
那是紀律糾察海莉！
在我的監督下，
沒有人可以逃課！
咻
也許我該躲在
自助餐廳？
TODAY'S SPECIAL:
BURGERS
BORSCH
糟了！
WASH YOUR HANDS
SOUP OF THE DAY
BORSCH
咻

咻
這裡有逃課的傢伙嗎？
喔，完蛋了！死路一條！
沒有人能夠逃過……

我的搜捕！
你的——
噹噹噹噹
嗯……
紀律糾察

嗨，
爸，我……
回來了。
你一直沒
去上課？
布莉，發生了
什麼事？
你很喜歡
上學的啊！
我——
你遭到
霸凌了嗎？
沒有啦，
爸。
那到底是
怎麼回事？
我的獨生女竟然是個
逃課少女！
我怕游泳池。
我不會游泳。

喔，這樣啊，這點
我們可以解決。
你現在才學太遲了。
我現在才學
太遲了。
胡說，你就學
會了數學呀。
而且現在變成了
你最喜歡的科目。
其實，
你真正的天賦
不是在於數學，
而是你──
我怎麼樣？
你從不放棄。
遇到困難的數學
問題或是難解的
謎題都從不放棄。
你只要把同樣的
精神應用在游泳
上就可以了。
現在就讓我們來
幫你找一些私人
游泳課程吧。

聖約克
聖約克
到聖約克預備
中學上課？
在這麼短的時間內，
只有這裡可以上課。
怎麼了
嗎？
沒事。
來這裡上游泳課嗎？
直接進去吧！
嚼
嚼

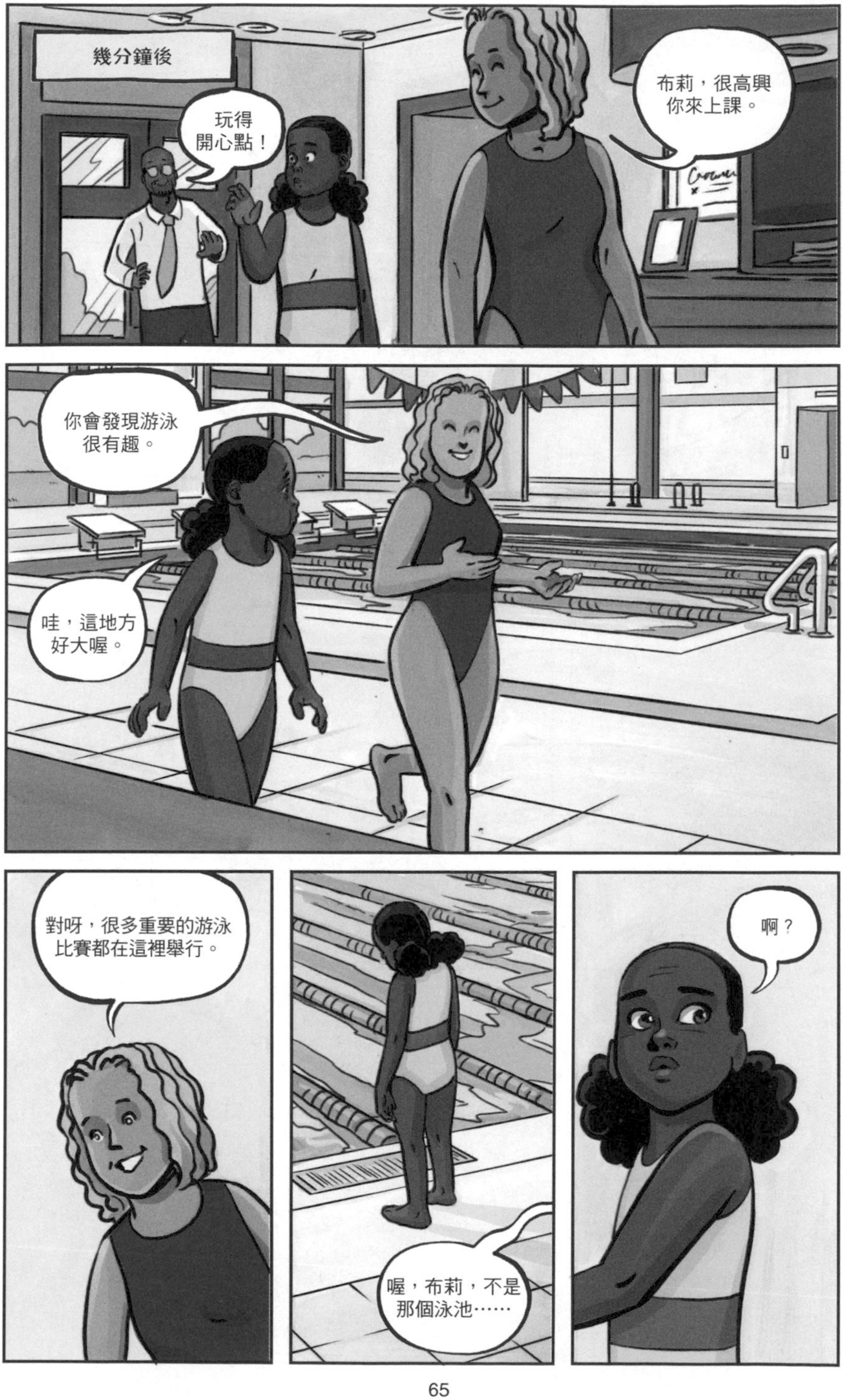
幾分鐘後
玩得開心點！
布莉，很高興你來上課。
你會發現游泳很有趣。
哇，這地方好大喔。
對呀，很多重要的游泳比賽都在這裡舉行。
喔，布莉，不是那個泳池……
啊？

是這個泳池！
注意安全
兒童池？

這裡應該沒有問題。
這些小朋友看起來很友善。
反正這裡沒有我認識的人──
哈哈哈哈
喔，我、的、天、啊──
是那位「游泳選手」呢！

你是在向學齡前幼童學游泳嗎？
看，她游得還沒有他們好呢！
你不覺得丟臉嗎？
要是我就覺得糗大了。
嘿，小朋友，好好照顧她喔。
你們這些人沒有別的地方可以去了嗎？
布莉？布莉！
這麼快就上完了？
布莉？

隔天
鈴鈴鈴
啊啊啊啊——
我受夠了！
第四節課鐘聲響起
也許我可以說服行政人員幫我退掉游泳入門課。
或許她會喜歡蘋果？如果我幫她割草或是……
不行，那樣做是不對的。我要去圖書館想個比較好的計畫。
她在那裡。
紀律糾察
你的大廳通行證呢？

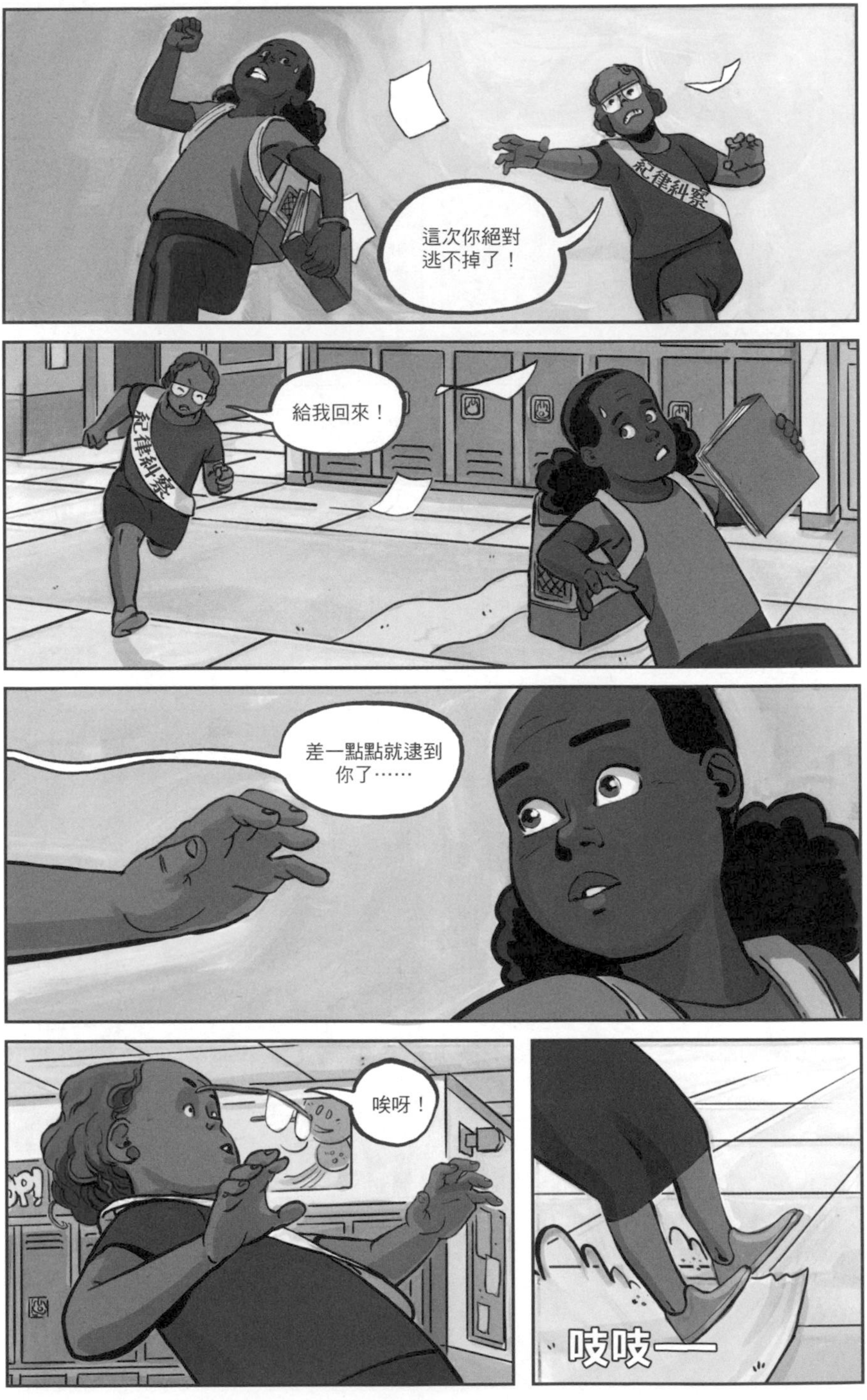
紀律糾察
這次你絕對
逃不掉了！
紀律糾察
給我回來！
差一點點就逮到
你了……
唉呀！
吱吱——

你……你剛剛
走出了學校！
紀律糾察
田徑比賽
今日客場
你已經從逃課
變成了……
逃學！
我……
我……
田徑比賽
今日客場
伊妮絲．布里吉莎
中等學校

回到家
我現在該
怎麼辦？
回房間好好
想一想？
也許
就這
樣躲在
那裡，一直躲
到八十歲！

ZZZZZ
爸爸發現後不知道
會說什麼……
游泳
喔，慘了！
我的數學作業！

我的作業
要毀了！
今天還能再
更糟嗎？
游泳池使用守則
?
哇——哇喔！
滑

撲通！
救……
救……
救命呀！

布莉！
布莉，撐著點！

我來了！
跳
我來了，
布莉！
踢
踢

撲通！

（猛吸口氣）
我抓住
你了！
呼！呼！
你還好嗎？

不久後
艾塔的公寓
艾塔女士，謝謝你。
答應我，以後在游泳池附近要多加小心。
我會的，艾塔女士。
你爸爸應該很快就會到了。
你的拼圖撒了一地。
喔，不用麻煩了。
我有一整個週末的時間可以再拼回去。
我來幫忙。

?
艾塔女士，
我不知道你以前是
游泳選手呢。
喔，是啊，親愛的。
那是很久以前的事了……
從中學到大學，甚至還當了
幾年的職業選手。

真的假的……
你在我念的那所
中學游泳過？
對啊，我的
一切都是從
那裡開始的。
當時學校的名字和現在
不一樣，不過我們那年
可是差點就拿到冠軍呢！
你在**那個**游
泳隊裡？
叮咚
我們相當
厲害喔。
那肯定是
你爸！
布莉！
你還好吧？
真的好可怕。

艾塔，謝謝，
幸好有你在。
我們回家吧。
艾、艾塔
女士……
艾塔女士，
你可以教我
游泳嗎？
艾塔女士
已經做得夠多了，
她很忙的。
拜託嘛？

我會煮美味
的木瓜湯給
你喝。
布莉。
我們星期六一早
就開始吧。

3

深水區

你爸在後車廂裡放了一個好大的袋子。
我們為今天買了一些游泳裝備。
到底有多少游泳裝備？
怦怦怦
緊張嗎？
沒什麼好緊張的。
你會發現游泳很有趣的。
可是……黑人都不擅長游泳。

我很會游泳，而且我是黑人。
所以那不可能是真的。
事實上，黑人會游泳、釣魚、划獨木舟、衝浪，進行所有你能想到的水上活動。
你的祖先代代都是游泳好手，所有的黑人都是。
我嗎？
是的。
真的嗎？
真的。

從古非洲到現代的非洲……
從芝加哥到秘魯……
在大海、河川、湖泊、游泳池裡……

黑人一直以來都在游泳，
未來也會持續下去。
游泳的技能一代傳承一代。
那為什麼我很多朋友都不會游泳？
嗯……
這件事有點複雜……

限白人
進入
過去在美國，法律限制黑人
進入海灘、湖泊和游泳池。
缺之游泳的機會，意味
著越來越少黑人可以進
行這項運動，也因此黑
人更難把游泳的技能傳
承下去。
而出面反對這些條款，
往往會遭到暴力對待。
從1919年尤金·
威廉斯在芝加哥海灘
遭到殺害……
到1964年在佛羅里達州的
聖奧古斯丁，有人在抗議者
游泳的泳池裡倒酸性溶液。

因此黑人對游泳的認識變得七零八落，就像缺了片的拼圖一樣。
不過，儘管如此，我們還是持續抗爭，最後法律終於修改。
1962年，約翰．路易斯在伊利諾州的開羅抗議游泳池實行種族隔離政策。
1975年，在康乃狄克州發起海灘抗議活動。
開放海灘
1958年，十幾歲的大衛．伊森在佛羅里達州的游泳池打破了種族的界線。

然而，在我們居住的區域，即使有游泳池，數量也很少，而且通常都很小或是疏於維護。
因此很難重新把我們的游泳文化拼湊起來……
如果去其他住宅區的公共游泳池，往往會遭受歧視。我小時候就曾經遇過，而這種事到現在仍然不時發生。
不會游泳**不是**你的錯，布莉。
今天我們會把你這一片放進拼圖中。

支票
兌現
WESTERN ONION WO
FAMILY D
這個游泳池是由舊溫室
改建的喔。
我們到了。

游泳池旁
服務臺
歡迎光臨！
這地方充滿了魔力！
我小時候也是在這個游泳池學游泳的。
你帶了泳衣嗎？
嗯，我已經準備好了。
很好，那去換衣服，我們在游泳池畔見！

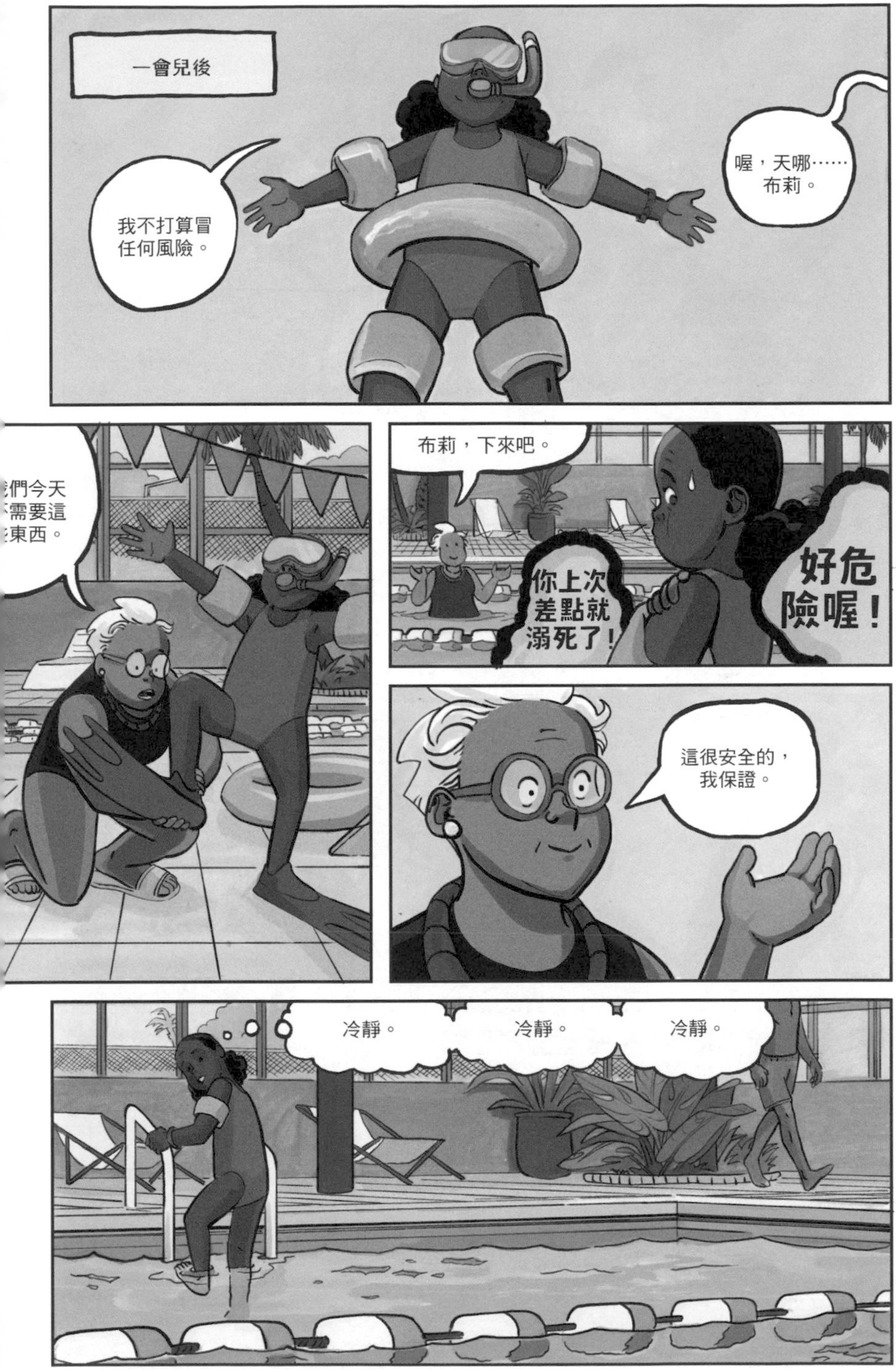
一會兒後
我不打算冒任何風險。
喔，天哪……布莉。
們今天需要這東西。
布莉，下來吧。
你上次差點就溺死了！
好危險喔！
這很安全的，我保證。
冷靜。
冷靜。
冷靜。

不久後
……以上是游泳池的安全守則，我們下次還會再複習。
我們的第一課很簡單。在水下憋氣五秒鐘，你做得到嗎？
我想應該可以吧……
數到三開始
一、二、三……
一
二
三
四
五
（猛吸一大口氣）
很好！
現在試試臉朝下漂浮。

非常好！
很簡單，對吧？
仰漂會更容易，我們試試看吧。
好！
怦 怦 怦
怦
怦
怦
怦
怦
怦
咳！
咳咳！
咳咳咳！

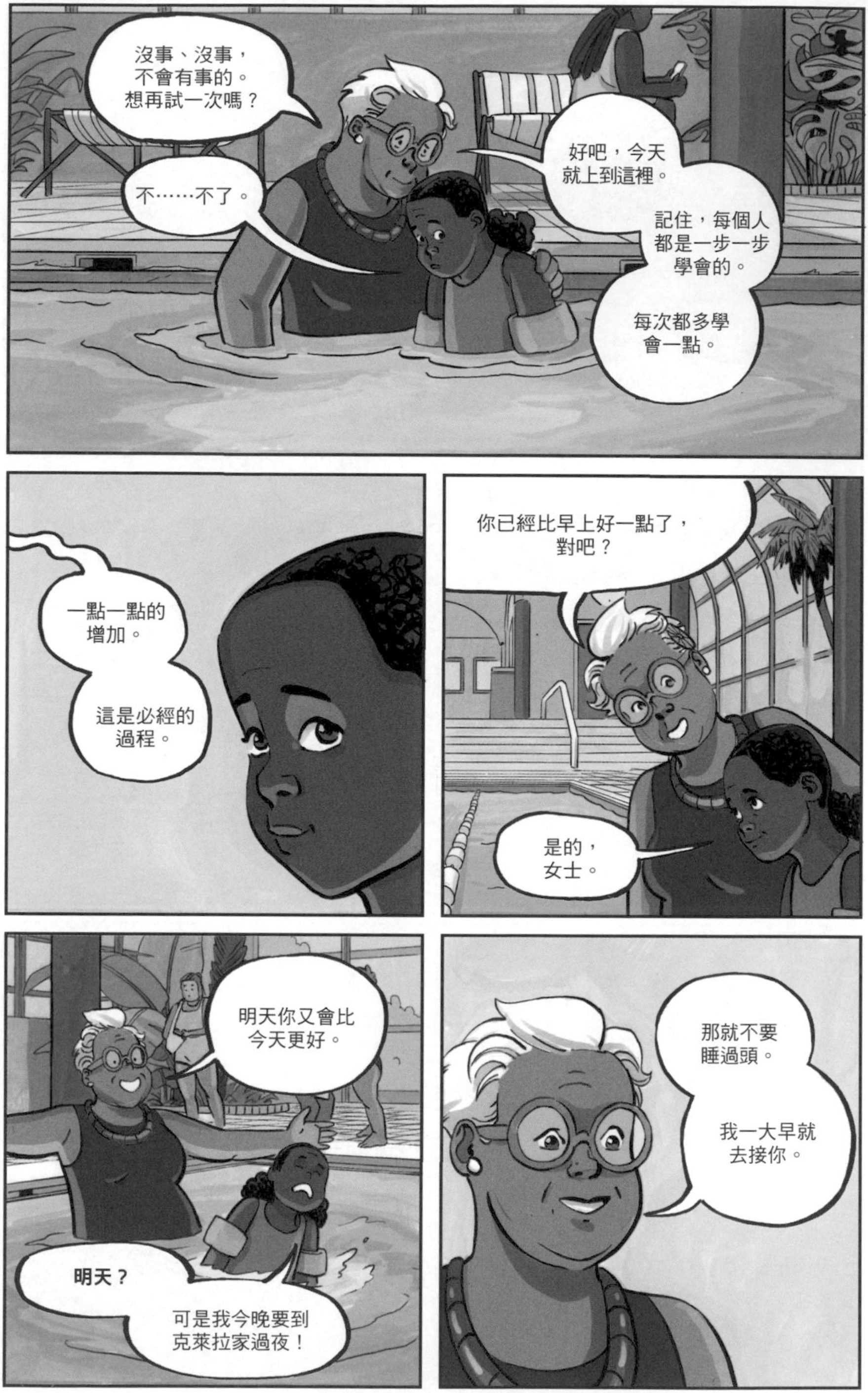
沒事、沒事，不會有事的。想再試一次嗎？
不……不了。
好吧，今天就上到這裡。
記住，每個人都是一步一步學會的。
每次都多學會一點。
一點一點的增加。
這是必經的過程。
你已經比早上好一點了，對吧？
是的，女士。
明天你又會比今天更好。
明天？
可是我今晚要到克萊拉家過夜！
那就不要睡過頭。
我一大早就去接你。

過夜派對
布莉，你來了。
布莉，你的頭髮！
糾結成一團了。
嗨，卡特太太。嗨，克萊拉。
我剛才在游泳池裡泡了一會兒。
我可以明天再打理頭髮。
你要是就這樣跑去睡覺，明天會打結得更厲害喔。
我可以幫你梳——
我和布莉可以自己處理！
呃，我覺得這不是什麼好主意……
當然是啊！

不久後
你需要適合游泳的髮型。我想想看喔……
我們先把打結的地方梳開……
先弄溼再分區，然後我們來試試幾種髮型。
太……複雜了吧？
了解。
好高雅！不過可能得花很多時間打理？
我再試試。
這個怎麼樣？

我好喜歡！
小妞，看起來
很不錯喔！
等布莉學會游泳
後，我們還可以
一起去游泳池玩。
先不要抱太大的
希望。
你等著瞧吧，
我們會成為游泳
姐妹花！
我們來看一些
游泳的影片吧。
我會教你一些有用的訣竅。

隔天
我們再試一試仰漂吧。
這次不要用手臂浮力圈。
嘎吱
啊！
我們再試一次。
撐住，撐──住！

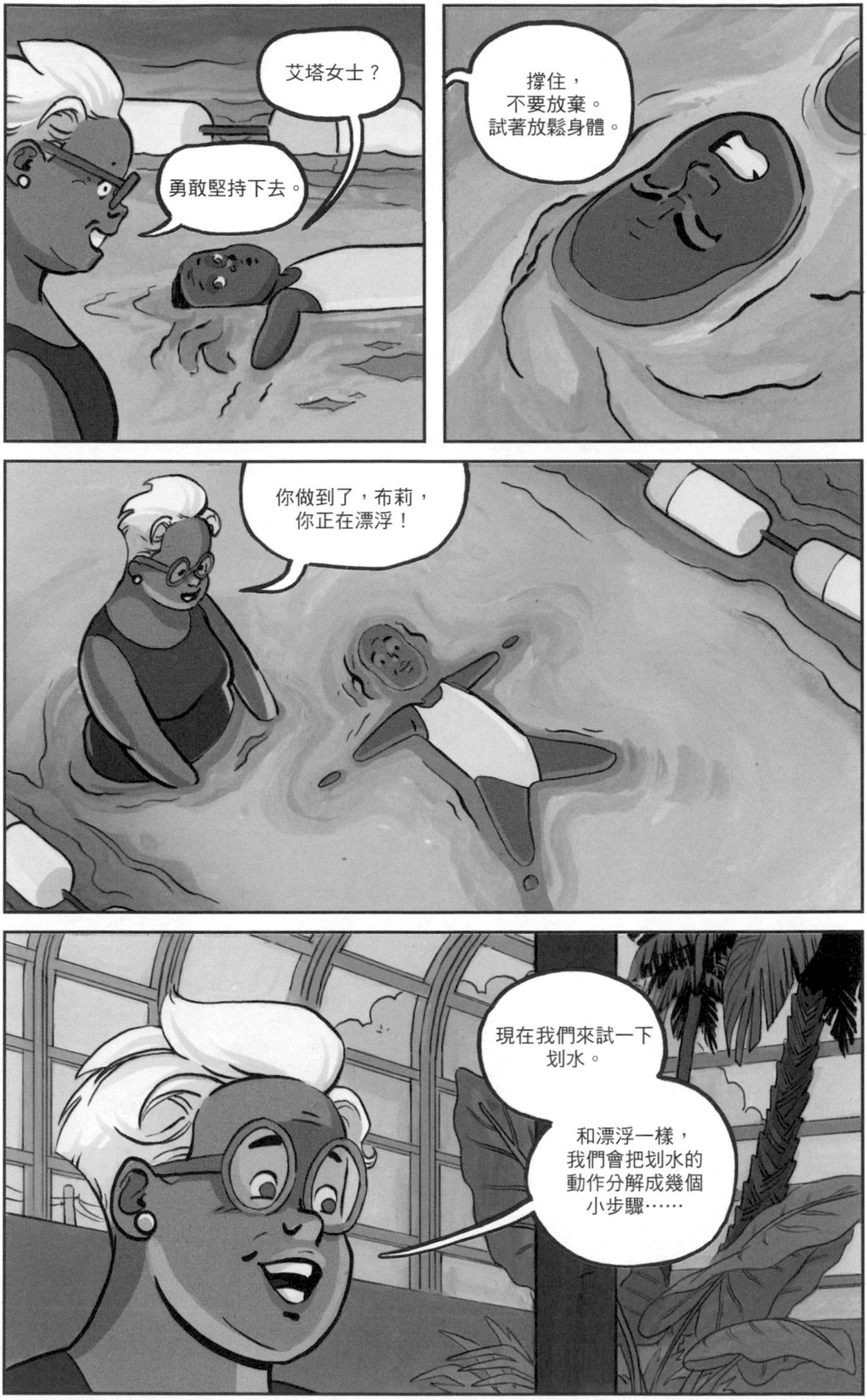
艾塔女士？
勇敢堅持下去。
撐住，
不要放棄。
試著放鬆身體。
你做到了，布莉，
你正在漂浮！
現在我們來試一下
划水。
和漂浮一樣，
我們會把划水的
動作分解成幾個
小步驟……

一天天過去
艾塔女士開始在每天放學後帶我去游泳池，這變成了我們的例行活動。
不要害怕濺起水花！
努力往前！
每天她都會以我已經學會的動作為基礎，教我新的技巧。
3呎
就像我們在上數學課或是我在玩益智遊戲時那樣。
克制住衝動，不要把頭往後抬高、離開水面呼吸。
要一邊划水、一邊把頭轉到側面。

繼續踩水，
布莉！
好的！好——
喔嗚——
我們再試一次。
我對游泳池漸漸
感到熟悉。
我習慣了瓷磚地面的
觸感和氯的味道。
我開始喜歡游泳池了。

數週過去
每天游泳池畔的人
都為我加油。
我慢慢了解艾塔女士所說的游泳
文化有多麼正面是什麼意思。
我開始回去上游泳
入門課，不過我還
是不好意思在學校
和同學一起游泳。
不許胡鬧！

爸爸繼續白天
工作，晚上去
上培訓課程。
我們越來越少
看到彼此。
爸！
明天有重要的
考試嗎？
啊？
喔，對啊，
非常重要。
喔……
我也是……
很少見面成為
我們的新習慣。

太棒了，布莉，你掌握到竅門了。
現在該試試在深水區踩水了。
游泳池深水區
準備好了嗎？
6 呎
請把浮力棒交給我。
你沒問題的。
（深吸一口氣）

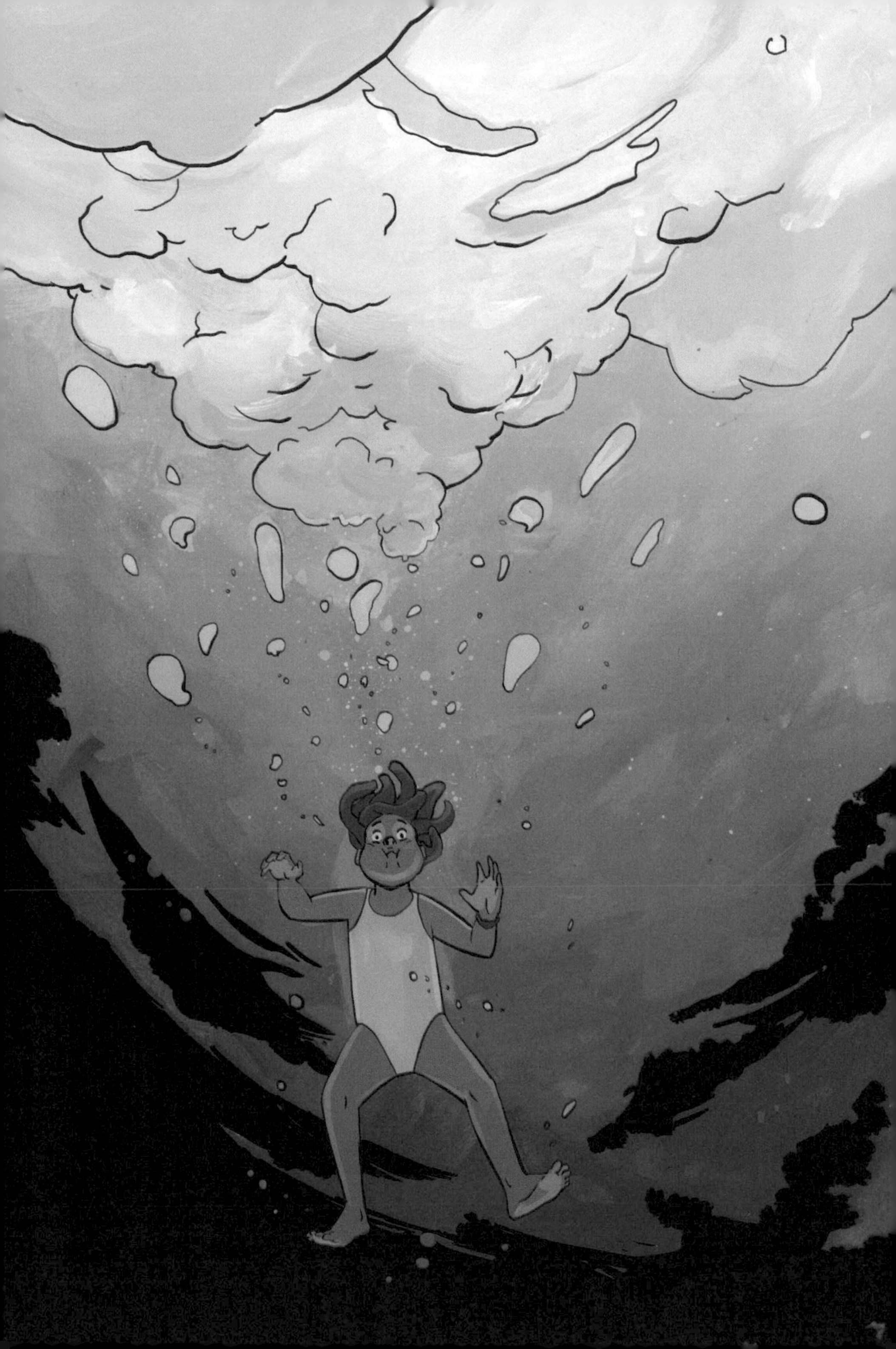

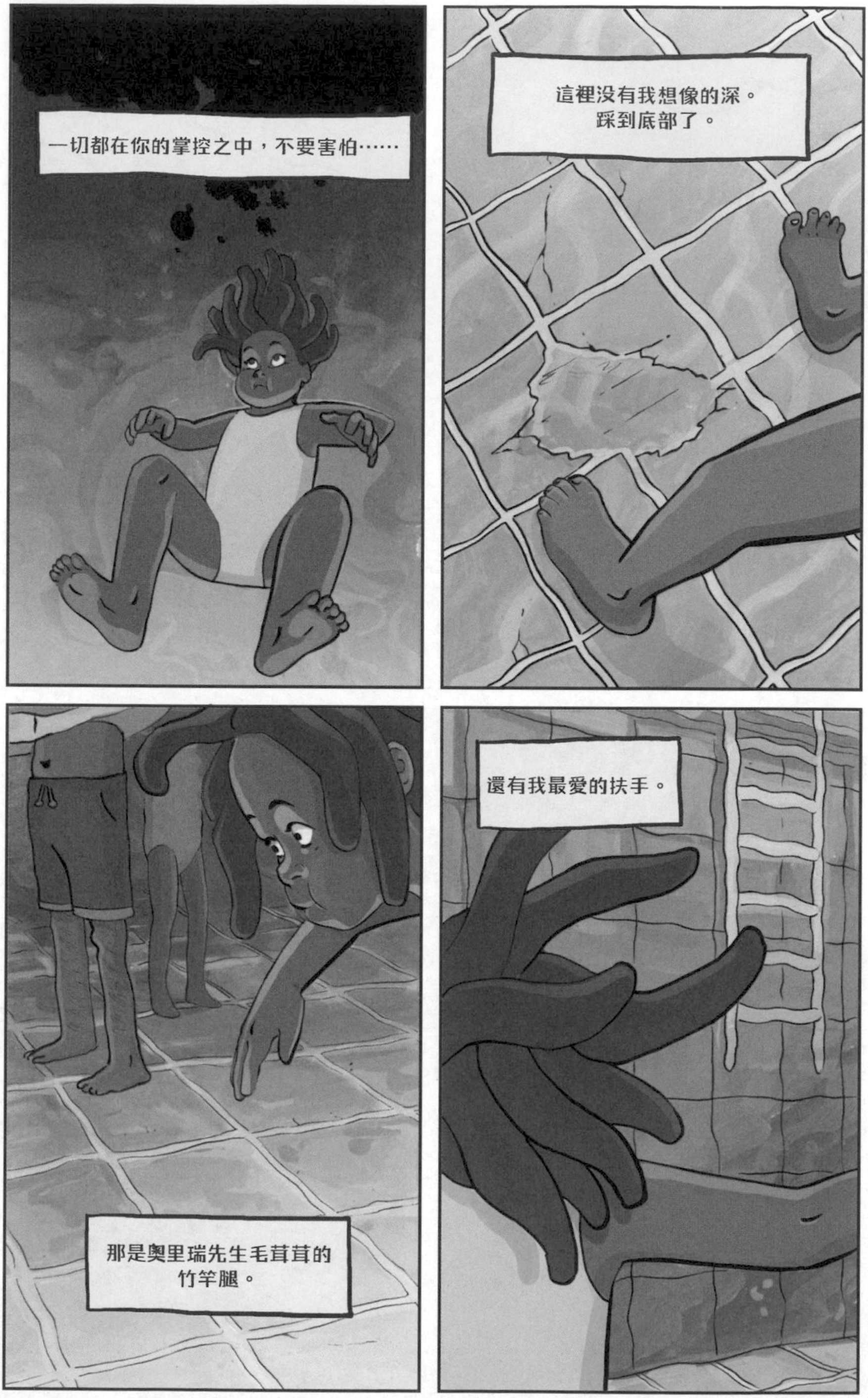
一切都在你的掌控之中，不要害怕……
這裡沒有我想像的深。
踩到底部了。
那是奧里瑞先生毛茸茸的
竹竿腿。
還有我最愛的扶手。

水面就在我的
頭頂上方。
只要像艾塔女士教的那樣，
不斷的擺動手腳。
成功了！
我開始……
往上浮了。

（猛吸口氣）
布莉，你辦到了！
你現在會
游泳了！

稍晚
我會想念教你游泳的。
不過，現在你可以用我教你的技巧……
在游泳池展開新的冒險。
就像拼令人興奮的新拼圖一樣！
說到拼圖，你找到所有弄丟的拼圖了嗎？
就是你在游泳池救了我那天撒落在地上的拼圖？
還沒，不過我買了一個新的拼圖來慶祝你新的開始！
1000 PIECE JIGSAW PUZZLE
我很榮幸能夠教導你，布莉。

拼拼圖
真開心……
1000 PIECE
JIGSAW
PUZ
我要來玩拼圖了。
啪！

4

低空飛過或是下水游泳

我拿到丙？
我要是拿個丙回家，
我爸鐵定會殺了我！
我最多只能給你這樣的成績，布莉，你缺太多堂課了。
游泳隊選拔
菲凱・麥可冒牌森
大白鯊・亨利
弗蘭妮・歐魚柳
菲凱・麥可冒牌森？
TEAM
各位同學，聽好。
游泳隊選拔報名表上只有三個名字。
我很確定其中有兩個是**假的**。
所以我要試試別的方法。
菲莉絲、珍、東妮，
你們三個都是游泳健將。
全給我進游泳池裡參加選拔。

拜託，教練，你不能強迫我們。
我以為這是個自由國家，教練。
給我下水。
布莉，如果你也參加選拔，我就給你加分。
這樣一來，你的成績就可以從丙升到乙了。
布莉，你打算怎麼做？
喔，不，我以為我已經不再懷疑自己了……
他們會恥笑你的！
手掌心在水底下也會出汗嗎？
也許在這個泳池游泳比在社區泳池要來得困難？
也許艾塔女士只是跟你說客套話，你根本還沒準備好？
來吧，布莉，你現在已經會游泳了。

不可能的啦。
你麻煩大了。
你要怎麼逃過這一劫？
絕對沒辦法。
現在躲到圖書館是不是太遲了？
太──太──太──遲了！
這下丟臉丟大了。
超超超丟臉的
很有可能。
儘量別游最後一名就好。
還能去哪裡？
太太太可怕了！
萬一你忘了怎麼漂浮怎麼辦？
啊！啊！
準備──開始！
啊！他們出發了！
儘量別游最後一名！
好遠喔。

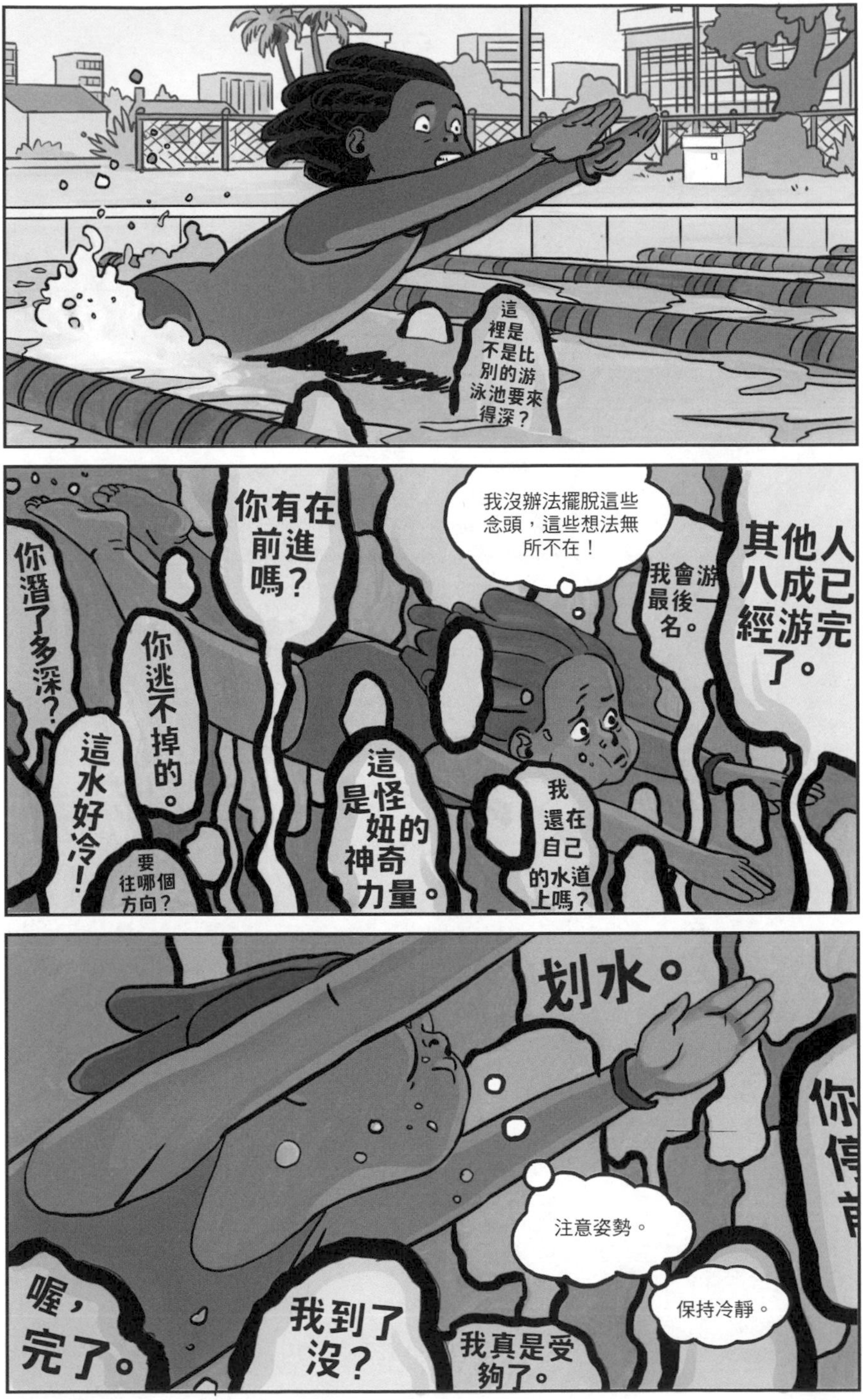
這裡是不是比別的游泳池要來得深？
我沒辦法擺脫這些念頭，這些想法無所不在！
其他人八成已經游完了。
我會游最後一名。
你有在前進嗎？
你潛了多深？
你逃不掉的。
這水好冷！
要往哪個方向？
這是怪妞的神奇力量。
我還在自己的水道上嗎？
划水。
注意姿勢。
保持冷靜。
喔，完了。
我到了沒？
我真是受夠了。

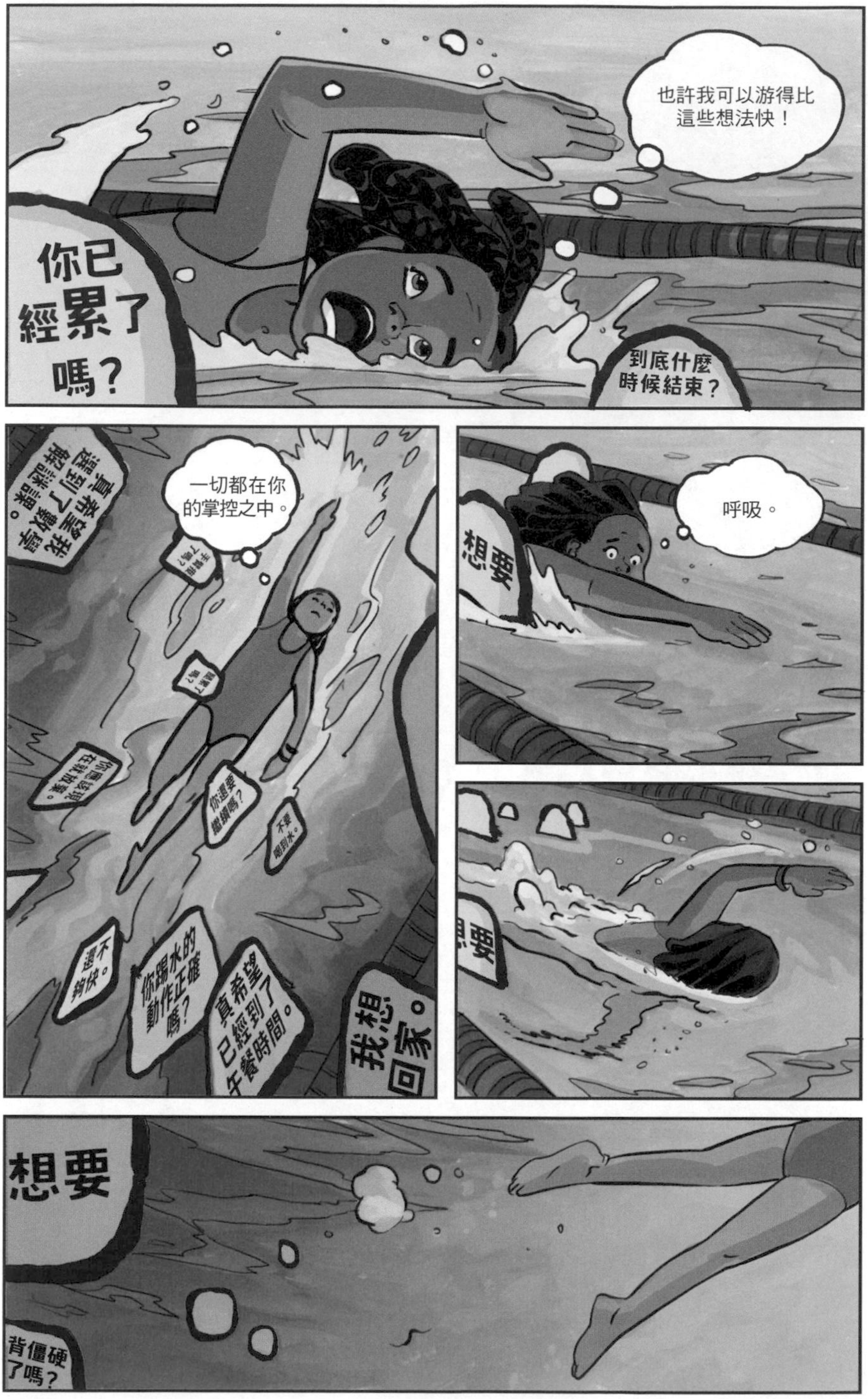
也許我可以游得比
這些想法快！
你已經累了嗎？
到底什麼時候結束？
真希望我選到了數學解謎課。
一切都在你
的掌控之中。
手臂痠了嗎？
腿累了嗎？
你應該現在就放棄。
你還要繼續嗎？
不要喝到水。
還不夠快。
你踢水的動作正確嗎？
真希望已經到了午餐時間。
我想回家。
想要
呼吸。
想要
想要
背僵硬了嗎？

快到了！
（吸氣）

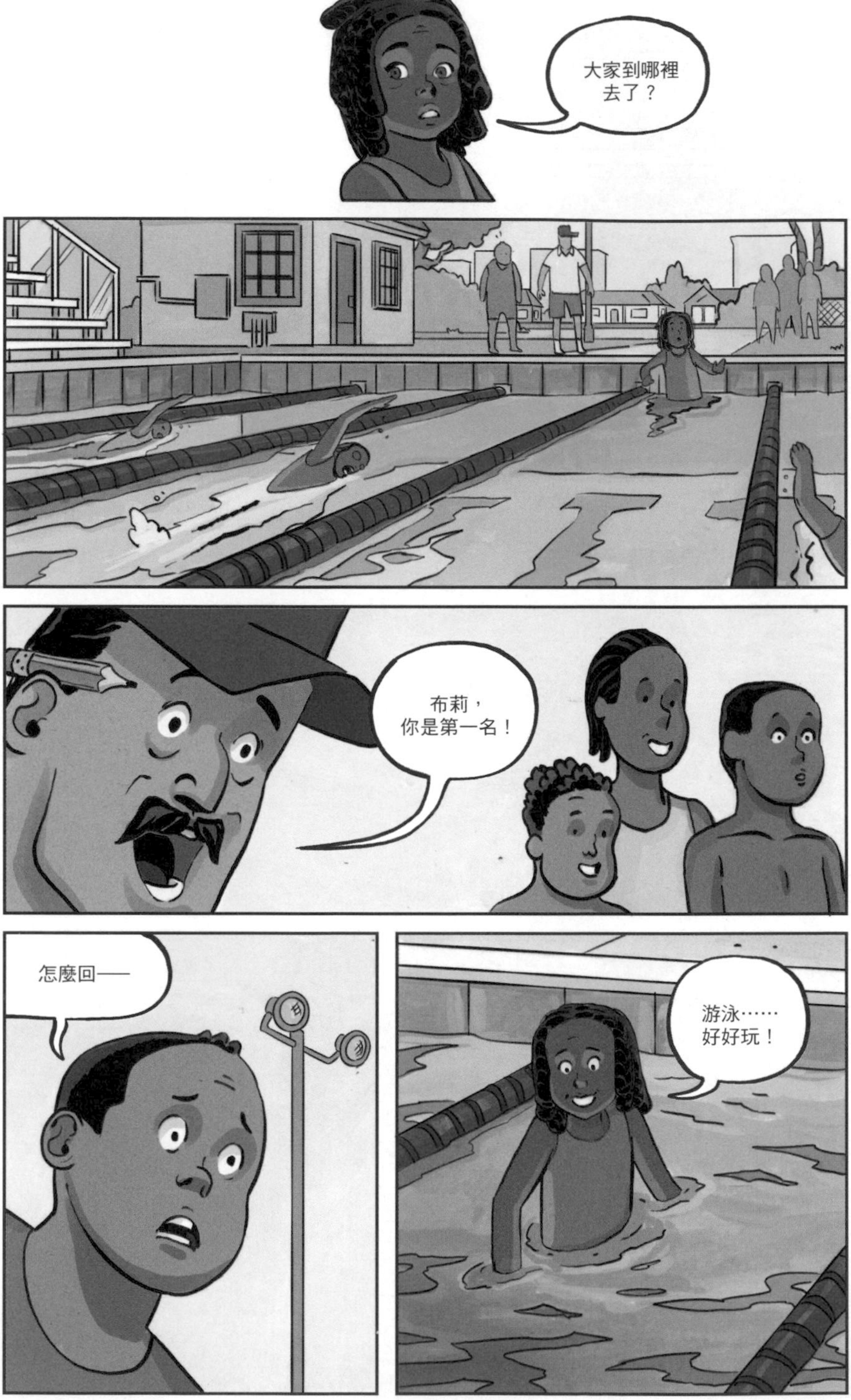
大家到哪裡
去了？
布莉，
你是第一名！
怎麼回──
游泳……
好好玩！

很好，
非常好，布莉。
你入選了。
什麼？
可是我並不想加入游泳隊。
明天下午
三點十五分到這裡
練習。我們要確定
剛剛那不是**僥倖**。
我一定要
參加嗎？
克萊拉就在
游泳隊裡。
而且他們的制服很酷喔！
對耶，是這樣
沒錯。
可是我已經打算報名
數學社了。

我爸肯定會比較希望我加入數學社。
或許吧。
不過他也有可能會來看你參加游泳比賽。
看你游泳可能會成為你們新的例行活動。
加油！布莉，加油！
加油！布莉，加油！
那一定會很酷！
對吧，而且，你應該看看自己在賽後的表情，你游得很開心呢！
真正的問題是，**你**想要做什麼？
亨伯特，下水吧，輪到你了。

報名參加第二學期社團的時間到了。
歡迎加入數學社
一方面，我在數學社團會表現得很出色。
另一方面……
MATH
MATH MEET SCHED
我還是害怕游泳。不過，當我游得非常快的時候，就不會想太多。
而且，也許爸爸會來看我所有的比賽。
再加上比賽真的很好玩。
不過比起游泳，我更害怕讓爸爸失望。
數學社
游泳隊

放學後
爸，你可以──
布莉……
克萊拉為什麼在窗外一直盯著我們看？
你可以在家長同意書上簽名嗎？
啊，報名參加下學期的數學社是吧！
事實上，我想要來點新的嘗試。
啊，那是要考慮科學社嗎？
游泳隊？
你這學期花在游泳上的時間還不夠嗎？
我覺得參加比賽可能會很有趣。

嗯，這和我期待的……不一樣。
只要不影響你的課業……
爸，我保證絕對不會！
太——棒——了！
布莉，我們要一起參加游泳隊了！
（嘆氣）

隔天
克萊拉，我真不該來的。大家會的一定都比我多很多。
他們可能比較有經驗……
不過大多數人都是自學的，就像我一樣。你有個很好的老師，布莉。
想要學翻滾式轉身嗎？
翻滾式轉身是什麼？
當你游到遠端的池壁，先做個翻滾的動作，然後用雙腳蹬一下池壁，給自己一點推力游回來。
聽起來好像很好玩。
確實很好玩喔！
我們在長距離的比賽中會用翻滾式轉身和開放式轉身，看我們是游什麼式來決定。另外，在混合接力賽時……
要先旋轉再蹬……其實我示範給你看會比較容易了解。

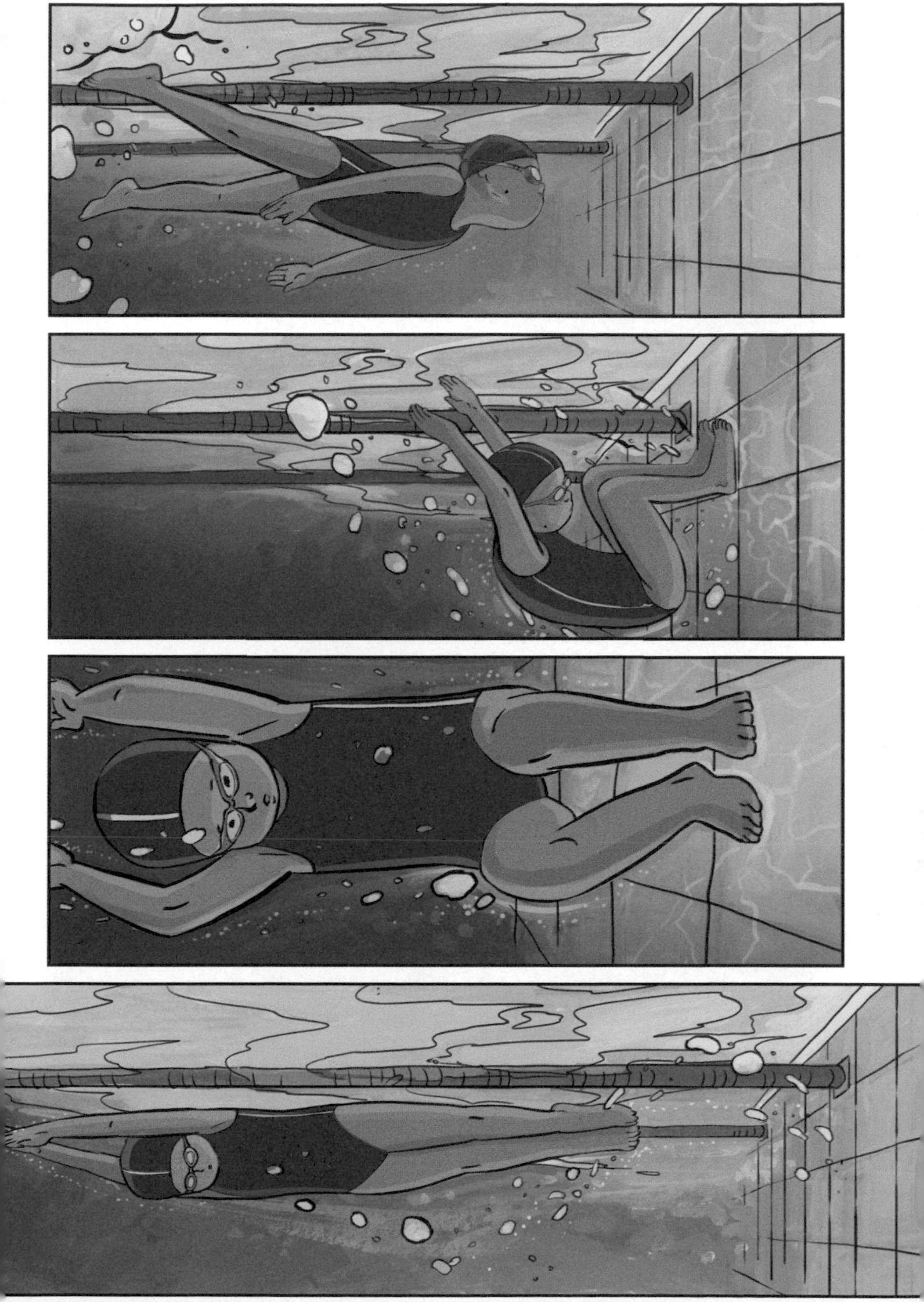

現在你
試試看。
好。
啪！

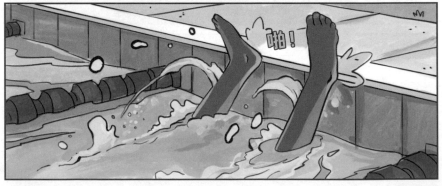

唉唷！
你會學會的。我們再繼續練習。
嘿，克萊拉……
看看我的紋身。
那是真的嗎？
不是，不過它把重點表達出來了。
她是菲莉帕，是個很厲害的游泳選手。
只不過……千萬別叫她船錨……
我為什麼要那樣叫她？
不要那樣叫就對了。上次有個女生那樣叫她，結果她追對方差不多四條街。
你是新來的，對吧？

要你的！
你要是毀了我們的賽季就**完蛋**了！
還有，別搞砸了我們的混合接力賽。
崔西！有什麼新鮮事嗎？
真沒禮貌……「混合接力賽」到底是什麼？
你知道接力賽跑吧，就是跑者把接力棒傳給下一名跑者？
嗯。
就像那樣，只不過是用游泳來接力，而不用接力棒。
四名游泳選手，每個人游不同的泳式。

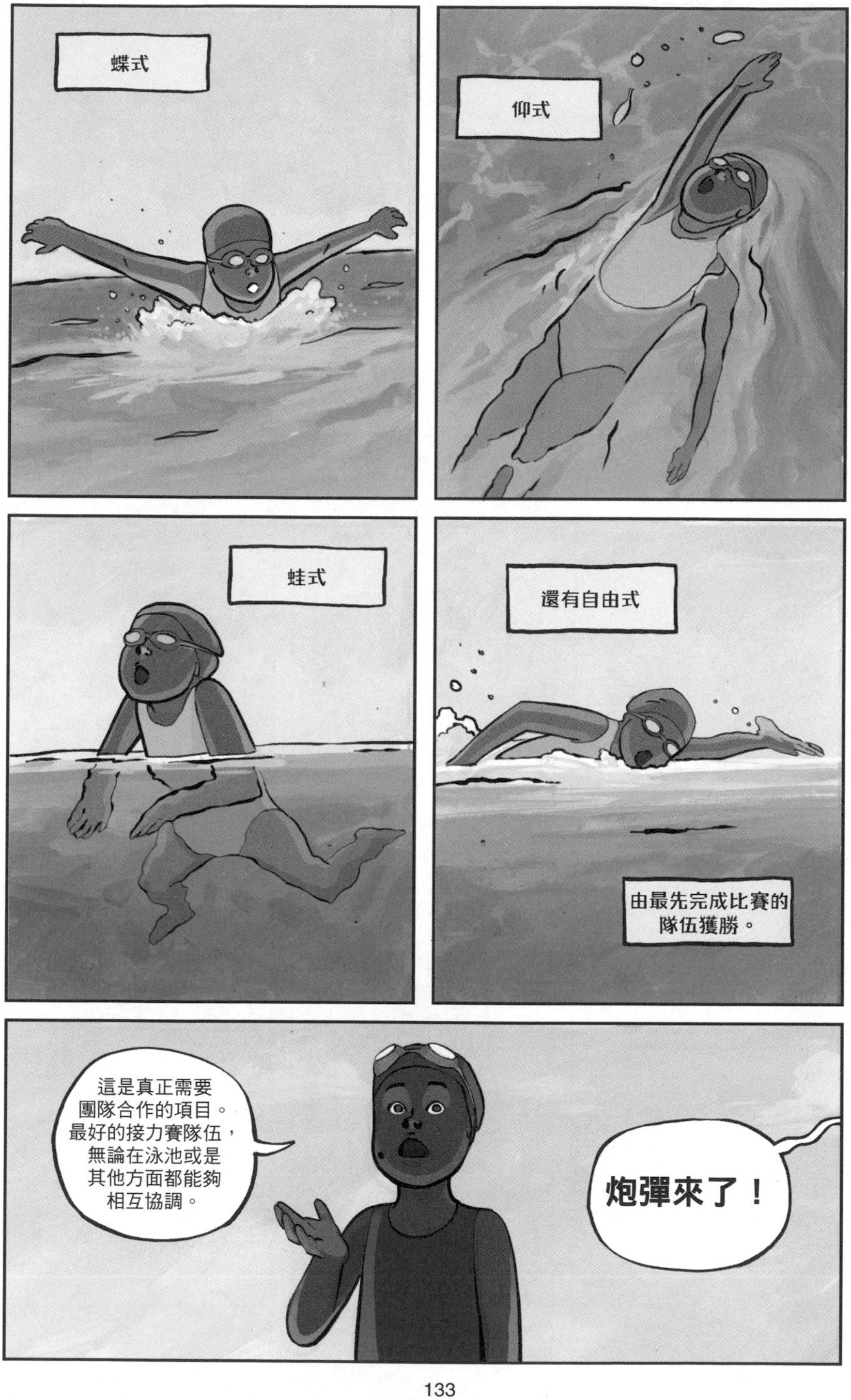
蝶式
仰式
蛙式
還有自由式
由最先完成比賽的隊伍獲勝。
這是真正需要團隊合作的項目。最好的接力賽隊伍，無論在泳池或是其他方面都能夠相互協調。
炮彈來了！

哇喔一
撲通
（咕嚕）
喔，這就是他們叫她船錨的原因。
是誰說的？
是誰說的？
菲莉帕，別胡鬧了！
（嘆氣）
看來我們沒什麼贏的希望。

5

海牛們，加油！

比賽日
恭喜你入選游泳隊。
我會盡可能趕去看
你的比賽！
爸爸
第一場游泳比賽
碧湖中學
超群出眾的魟魚主場

艾塔女士，
你來了！
我一定要來看你游泳啊！我絕不會錯過的。
謝謝你。
艾塔？
就是教布莉游泳的那位「艾塔」嗎？

我查過你的資料，你的游泳生涯真是太精采了！
你應該來幫忙指導學生，布莉的隊友需要你的協助。
你真是太客氣了。
不，我是說真的。
請聽我說，學區委員會想要關閉我們的游泳池。
我們的游泳池是唯一在非上課時間免費開放給社區所有人使用的游泳池。
如果賽季表現優異，可能會讓他們改變心意。
呃……我今天只是來看布莉游泳……
各位選手，準備就位！
抱歉，我不是故意讓你為難的。
你該回到隊上去了。
唉呀！
你說得沒錯。考慮一下，好嗎？

25公尺自由式
水道
姓名
小組賽第1組
3
凱莎・方
2
布莉・韓利
蔻伊・維列茲
梅・帕克
・戈梅
你和凱莎在同一組比賽？
凱莎很厲害，
我討厭跟她比！
菲莉帕，幫布莉打氣……
不要害她洩氣。
我只是說……
她游得非常優雅而充滿力量，她的技巧無人能及！
布莉，別相信她的話，**沒有人**是贏不了的。

哈哈！
看，是兒童池耶！
布莉，
別理她們。
我不該來這裡的。
我會讓自己出醜。
我會讓學校失望。
呼吸。
你現在可不是在兒童池裡。
好好看著吧，學學大孩子是怎麼游泳的！
嗶
出發！

選手們在25公尺自由式的項目展開了激烈的競爭！

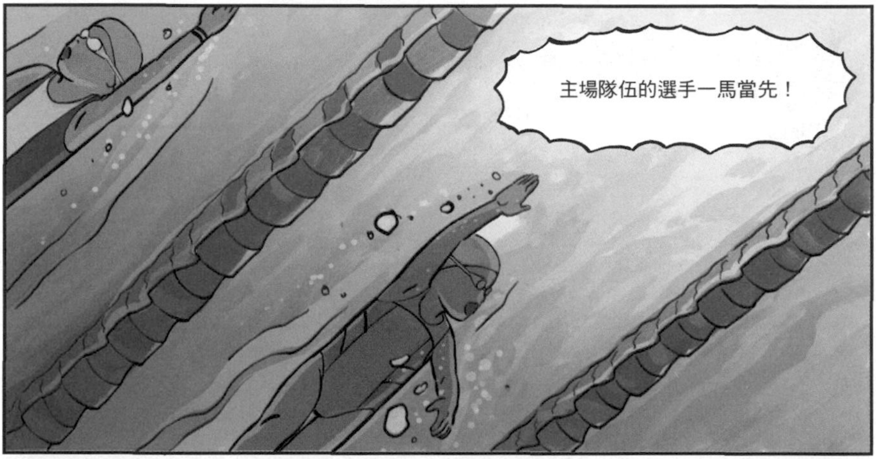
主場隊伍的選手一馬當先！

其他的選手緊跟在後！

她們來了！
差距非常小！
到達終點，
我們的優勝者是……

第1
碧湖中學的選手！
第2
海灣蝦中學排名第二。
第3
第三名是來自伊妮絲．布里吉莎的選手，這是她第一次參加比賽！
她辦到了！布莉拿到了第三名！
第4
排在第四的是聖約克的選手，這結果令人失望。
她的教練對這樣的成績應該不會滿意。

太棒了，
布莉！
不要因此太過
自信了，你今天
還有兩場比賽。
可是我的手臂沒力了……
凱莎，我們賽後
再來談談……
來吧，各位，
我們氣勢正旺呢！
布里吉莎隊的賽前
期望落空，在50公尺
蛙式項目排名第五。
前次拿到第三名的
選手，在50公尺仰
式項目名列第八。
看來是我話說得
太早了，可以安心
看的時候再叫我。

布里吉莎隊反擊了！
第1
克萊拉在50公尺蝶式項目拿到了第一名……
還有25公尺仰式！
克萊拉又獲得第一！
第1
克萊拉，幹得好！
哼……

今天的比賽
非常精采。
恭喜優勝的選手！
比賽
結束後
亨伯特，
你有看到我爸爸嗎？
啊？
沒有耶，
怎麼了嗎？
喔，
沒事。

菲莉帕，
你下次會擊敗
他們的。
嗯……
可能沒有辦法。
我得要再進步，
否則地位就不保了。
那是怎麼回事？
教練，
對不起……
說「對不起」
並不能贏得
比賽。
你被除名了！
什麼？
凱莎，收拾你的東西離開！
我們聖約克只要
獲勝的選手。

可每個人都會有
比賽成績不好的
時候啊！
教練，求求你，我只想要游泳。
那就去別的
地方游吧。
你們其他人
就把這當成
一個教訓。
在聖約克只有獲勝
這個選項。
不管怎樣，我只會讓
贏家留在這個隊伍裡。

教練？
什麼事？
布莉游得那麼好，不是我培養出來的。
她天生就是游泳好手。
STOP
你的選手都很有才華，我看得出來。
不過你需要相信她們的能力，她們才會有自信。
他們真的要拆掉游泳池嗎？
他們考慮在原地蓋冰沙宮。
他們的冰沙確實很不錯……
但我們不能讓他們奪走游泳池的使用權，就像我小時候那樣……
我不會讓這種事情再度發生。
!
MIDDL
所以你願意幫忙？
我要加入，教練。我們一起讓這支隊伍變得更好吧。

爸！爸！看看我拿到了第幾名！
抱歉，布莉，我今天得工作到很晚，所以沒辦法去。下次我會儘量抽空去看比賽。
爸爸
下次吧！

隔天
嗨，克萊拉，有什麼好東西嗎？
我來看看。
怎麼了？
我……我們明天再聊好嗎？
克萊拉？
喔，好吧。
樓上

伊曼妮·卡特女士您好：
我們很高興通知您，您的女兒克萊拉已經獲得聖約克預備中學明年度的游泳獎學金，正式的錄取結果，將取決於數學方面的入學考試成績。
剩噁嗑……
媽……
今天有一封信……

6

漣漪效應

團隊練習
揉揉
我想我從來沒有這麼早起過。
滑滑
我絕對沒有。
好了，各位同學，你們想要贏嗎？
我也想！
所以我們要給訓練計畫增添一些火力。
艾塔女士將會協助我指導你們。
她以前是這裡的游泳選手，她的隊伍甚至參加了州錦標賽。
從現在開始，我們每天早上和放學後都要練習。
艾塔？
各位同學，早安。
我們會從基礎開始，一點一點的累積實力。

先從培養耐力開始。
嗶——
再來一次！
體力！
速度！
再來一次！
接下來
調整泳姿。
布莉，踢水時
要貼近水面！
克萊拉，我的腿麻了。
要不是我的眼淚
都化成汗水流光
了，我就會哭出
來了。
再來一次！

第二場游泳比賽
鱷魚道中學
光芒萬丈的鱷魚主場
鱷魚道中學
我們開始有些進步。
非常緩慢……
不過腳步穩健。
你辦得到的！

賽後
SCHOOL

布莉，
怎麼了？
我想暴風雨就
要來了，很大
的狂風暴雨。
誰想吃漂浮
冰淇淋？
好耶！
剛才的比賽
表現得相當
不錯。
個人項目的
比賽的確是
不錯。
不過混合接力賽的狀況
不太好，孩子們需要更
多一對一的訓練。
可是我們
只有兩個人哪，
艾塔。
冰淇淋！
嘿嘿！

小餐館
（嘆氣）我想我們只能盡力而為了。
否則還能怎麼辦？
祈禱奇蹟出現？
不過這問題改天再說吧。
你要來嗎？這間店的漂浮冰淇淋很有名喔。
你們去吃吧！

隔天在學校
你今天晚上可以教我寫數學作業嗎？
我永遠也搞不懂。
那些討厭的整數難倒你了嗎？
那邊發生了什麼事？
喔，不會吧！
布莉，你看！

凱莎？
她來這裡幹什麼？
我不曉得……

不過我擔心這跟游泳隊有關……

下午練習時間
各位同學，我們有個非常令人振奮的消息！
我們來了一個新的轉學生，你們有些人可能已經認識她了……
大家一起熱烈歡迎凱莎加入游泳隊！
謝謝平教練。我保證會帶領這個……隊伍……贏得勝利。
總得有人來做這件事。
「帶領這個隊伍」？她怎麼好意思這麼說？
她真有趣。
好了，大家都下水吧！

一會兒後
聽說她被聖約克游泳隊踢出來以後，只有布里吉莎游泳隊還有空缺。
所以她才轉學到這裡。我想是來打探我們的情況。
凱莎只在乎能不能在州錦標賽拿獎牌。
她才不在意我們的游泳隊。
她會參加什麼項目的比賽？
她最拿手的是蛙式，不過她四式都會游。
蛙式？咦，那是我參加的項目。
嘿嘿嘿……
你要習慣坐冷板凳了。
有凱莎在，你可以下水的日子不多了。

現在來個訓練後的
零食吧！
CANDY
撕開
那是巧克力棒嗎？
嘻嘻。
嘿！
啪！
我從來不吃甜食。
布莉，你吃什麼
就會反映在你的
身體上。
優秀的游泳選手
都吃適量的沙拉、
碳水化合物
和蛋白質。
呃……
上次比賽你只是
僥倖贏了我。
現在這點
非常顯而
易見。

你們要去哪裡？
公園嗎？
是公園沒錯，凱莎。
你們應該要回家，念書休息才對。
（嘆氣）明天練習時見。
哇，凱莎的建議真是太棒了！游泳隊參加州錦標賽的機率大大提高了呢！
她簡直讓人受不了。
而且十分無趣。
不過她是個游泳好手，而且現在是你們的隊友了……她是可以友善一點，不過她提的建議很棒啊。
你們想要贏，不是嗎？

第三場游泳比賽
颶風灣中學
身經百戰的磯鷸主場
喏，凱莎，給你，這是你分配到的比賽項目。
你確定你可以應付三項比賽嗎？
放心交給我吧，教練。
教練！我在參賽選手名單上沒有看到我的名字耶？

抱歉，菲莉帕，我已經分配好所有名單了。
這次比賽你得坐在一旁觀戰了。
我了解了，教練。
那是什麼？
你是說出發跳臺嗎？
喔，糟了！你應該從來沒有用過那種東西，對吧？
教——練！
你沒有告訴她出發跳臺的事？
我們以前從來沒有參加過這麼後面的比賽，我忘了接下來的學校都是用出發跳臺！

出發跳臺速成班！
把兩腿擺成短跑選手的姿勢。
盡可能不要濺起水花的躍入水中，然後身體呈流線型往前游。
記得不要筆直的往下潛，否則你會潛得太深。
也不要平直的往外跳，否則你會**肚子撲通**。
什麼是肚子撲通？
不要肚子撲通。不要肚子撲通。不要肚子撲通。
不管那是什麼……
嗶！

撲通
唉呀呀——
唉唷，
我的臉好痛！
比賽開始……
然後在不知不覺間
就結束了。

第一名：
克萊拉
25公尺
蝶式
第一名：
凱莎
50公尺
仰式
第二名：
布莉
25公尺
自由式
第三名：
伊妮絲・布里
吉莎中學
混合接力賽
凱莎，今天游得很好，我們停戰吧？
嗯，好吧，
停戰。
有點失望，
是吧？
我相信他下次一定會來的。
我也這
麼想。

7

離開

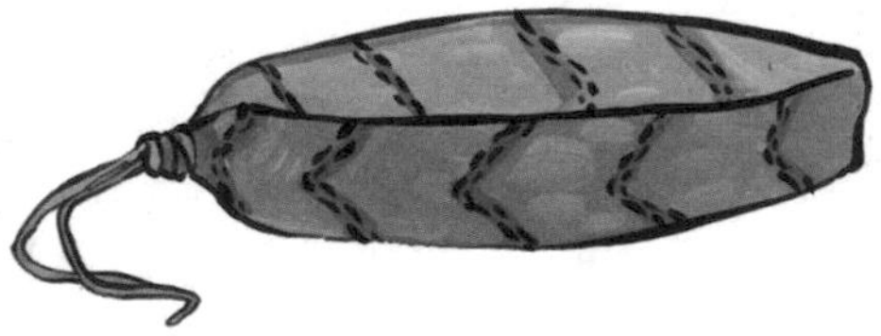

幾天後
看看新的出發跳臺！
是銀行的人匿名捐贈的。
撲通
好多了，布莉。
她有過放棄的時候嗎？她整個早上都在練習這個。
這星期是區域決賽，要是我們表現得好，就可以參加州錦標賽。
而這都要看混合接力賽了。
一點也沒錯。
別再說了
拜託
反正布莉在混合接力賽中也幫不上什麼忙。
所以誰在乎她表現得怎麼樣？

她游得一天比一天好了，凱莎！
面對現實吧，我們的混合接力賽是不可能得名的，最多拿到單項的獎牌罷了。
別理她。要休息一下嗎？
不用。
我要繼續練習。
我也想試試！
看你試應該會很有趣，你連漂浮都不會。
現在又不是在比漂浮，你這個間諜！
嘩啦啦

我才不是間諜呢！
哼，你不是我們的一分子。
嘩啦！
你們兩個！
你們兩個！住手！
你們要開始互相扶持，否則根本沒有贏的機會。
我中學時的游泳隊並不是在泳池裡被擊敗。
我們之所以會輸，是因為我們沒有團結在一起，然後——
艾塔女士？
菲莉帕，什麼事？
是她挑起的。

練習之後
幹得好啊，菲莉帕，惹火了艾塔女士。
艾塔女士說得沒錯，我們想參加州錦標賽，就得再進步才行。
問題是，聖約克持續輾壓大家啊。
嗯，就像解數學問題一樣……
我們把她們獲勝的公式拆解成幾個步驟。
一開始先從……聖約克是怎麼訓練的？
你們幹麼都盯著我看？
因為你在那裡受訓過啊，天才。
你期望我記得我們做過的所有訓練？
把一切都告訴我們，間諜！快說！
我們應該自己親眼去看。
你的意思是……
我們**潛進去**！

我們去當間諜，
就像凱莎一樣。
一定會
很好玩！
我可不想
插一腳。
就像我說的，
你不是我們的
一分子。
可是我們沒有制服
要怎麼進去？
我正好認識
一個能夠幫
我們的人……
嘻嘻。
不久後
絕對不行！首席
服裝設計師是神聖
的工作。
幫幫忙吧，亨伯特，我們需要
借用你那齣關於有錢私立學校
話劇裡的戲服。
只要一個下午
就好了。

我們向你保證，一定會把衣服完好無損的還回來的。
拜託，亨伯特，不要像個膽小鬼。
我才不是膽小鬼呢。
你要知道……能夠讓我們學校頂尖的藝術家為我們穿衣打扮，可是一大榮幸呢。
你的服裝可是學校每齣話劇的亮點。
你看過我們的話劇？
我從不錯過，甚至還保留了專屬位子呢。
菲莉帕
菲莉帕，那是蓄意破壞公物！
布莉，我可不遵守我不會**拼寫**的那些規則。

只借這個下午？
我向你保證。
好吧，不過我要跟你們一起去，確保衣服保持原狀。
服裝間
我看看喔……
咔
我們全靠你了，亨伯特，你要盡全力幫忙喔。
喔，克萊拉……
我每次都是全力以赴。

之後
再說一次計畫是什麼？
很簡單。
我們搭公車過去，然後偷偷溜進去看她們練習。
凱莎，你在這裡做什麼？
沒有我，你們根本不可能進得去。
甜甜圈！
啪
這不是給你吃的！
我以為你不喜歡甜食。
我的確不喜歡。這也不是給我自己吃的。
我們要搭公車？等一下，我要打電話叫我的司機過來！
別浪費時間，凱莎，你到底來不來？

我做這一切都
是為了游泳隊。
那天稍晚
游泳隊……
轟隆！
我們到了。
聖約克
喔，糟了，
他們有校警！
現在該怎麼辦？
交給我吧。

你好，
凱文警衛。
凱莎……
我以為你沒在
這裡念了──
我是不是聞到了糖瘋特級
甜甜圈的味道？
是一整盒的糖瘋
甜甜圈！
嗅
嗅
我自己沒辦法吃完這些
美味可口的甜點，你要
來一些嗎？
嗯……我想我可以
幫你吃幾個，
嘿嘿。
你自己不吃
一點嗎？
喔，當然要，
我……好愛甜
膩的甜食……
就算蛀牙
也值得！
顫抖
真好吃

豐富你們的學習體驗
豐富
學習體驗
現在要去哪裡？
我來這裡上過一次游泳課。
你是新來的嗎？
游泳池往這邊走！
我希望那不是我們的新制服。

主隊
客隊
哇喔。

哇，
他們竟然有
室內游泳池？
這裡可是
佛羅里達耶！
而且瓷磚還重
新鋪過。
他們怎麼負擔得起？
他們的烘焙義賣活動賣得比
我們多，還是做了什麼？
不，菲莉帕，
他們只是有錢
而已。
吃了那些
甜甜圈後，
我覺得不太
舒服。
他們遠遠贏過
我們。
你們在假扮什麼人？
贏家嗎？

嗯，那你們連這個都輸了。那些服裝遜斃了。
嘿！
很棒的游泳池，對吧？
凱莎，你想念這裡嗎？
汀絲莉，我們才不在乎你們的游泳池有多好呢。

兒童池，你說什麼？
說垃圾話不會讓你在比賽時游得比較快！
我們會去參加州錦標賽……
而且我們會獲勝！
哈！
我們會比你們更勤奮的訓練，然後游得比你們快。
因為豪華的游泳池跟「很棒」的設備不會讓你們成為……
海牛！
我本來是想說「冠軍」的。
對，不過我們的吉祥物是海牛呀。
你不是那個船錨嗎？

你問為什麼？因為她就像船錨一樣會往下沉哪。
撲通！
你叫我什麼？
不只是我，大家都這樣叫你！
其中八成也包括了你所謂的「朋友」。
嘿！
你們幾個不屬於這裡，你們該離開了。
克萊拉？
我剛剛沒有看到你。
你母親非常努力想讓你加入我們明年的計畫。
你是說真的嗎？
不會吧！

不要跟這幫人做這些愚蠢冒險的事，把計畫給……
搞砸。
我們可是冒著風險給你機會……
不要像凱莎那樣讓我們丟臉。
現在請離開。
我們要開始練習了。
回到外面
你要離開我們？
對，呃……還沒有，我還得通過數學考試。
現在誰才是間諜？乖巧的克萊拉一直在欺騙我們！
我沒有騙人！
哦？那你說這算什麼？
而且我受夠了你們在背後叫我船錨！
哼，我受夠了你把所有事情都當成開玩笑，阻礙我的隊伍進步！

你的隊伍？
沒錯，我的隊伍。你不能才剛加入就開始指手畫腳！
如果你背地裡計劃離開，這隊伍怎麼會是你的？
你們所有人都別吵了！我們應該是朋友，可是現在卻連支隊伍都算不上了。
我當初真不應該加入的。
明天有地區賽，我們先專心在比賽上吧。
菲莉帕，你的衣服上是不是沾了汙漬？
呃⋯⋯
沒有吧？
好了，孩子們，最後一站到嘍。

第六場游泳比賽
地區賽
鋸齒草展望中學
頑強的虎鯊
EB
我要是浮得不好也沒辦法，因為我肌肉發達。
亨伯特，你有沒有看到我爸爸？
我想是沒有。

布莉，我有個
東西要給你。
這是我中學時代
游泳隊的照片，
就是我拿來做成
拼圖的那張。
我想把它送給你……永遠記住，
勝利固然重要，但是朋友和群體更重要。
當了你的教練後，讓我
想起了這一點。
可是我們的隊伍
總是在吵架。
我們以前也是呀！隊友之間
有時就是會爭吵。
不過，如果你們
團結在一起，就不會
分裂瓦解。
萬一我們已經
分裂了呢？

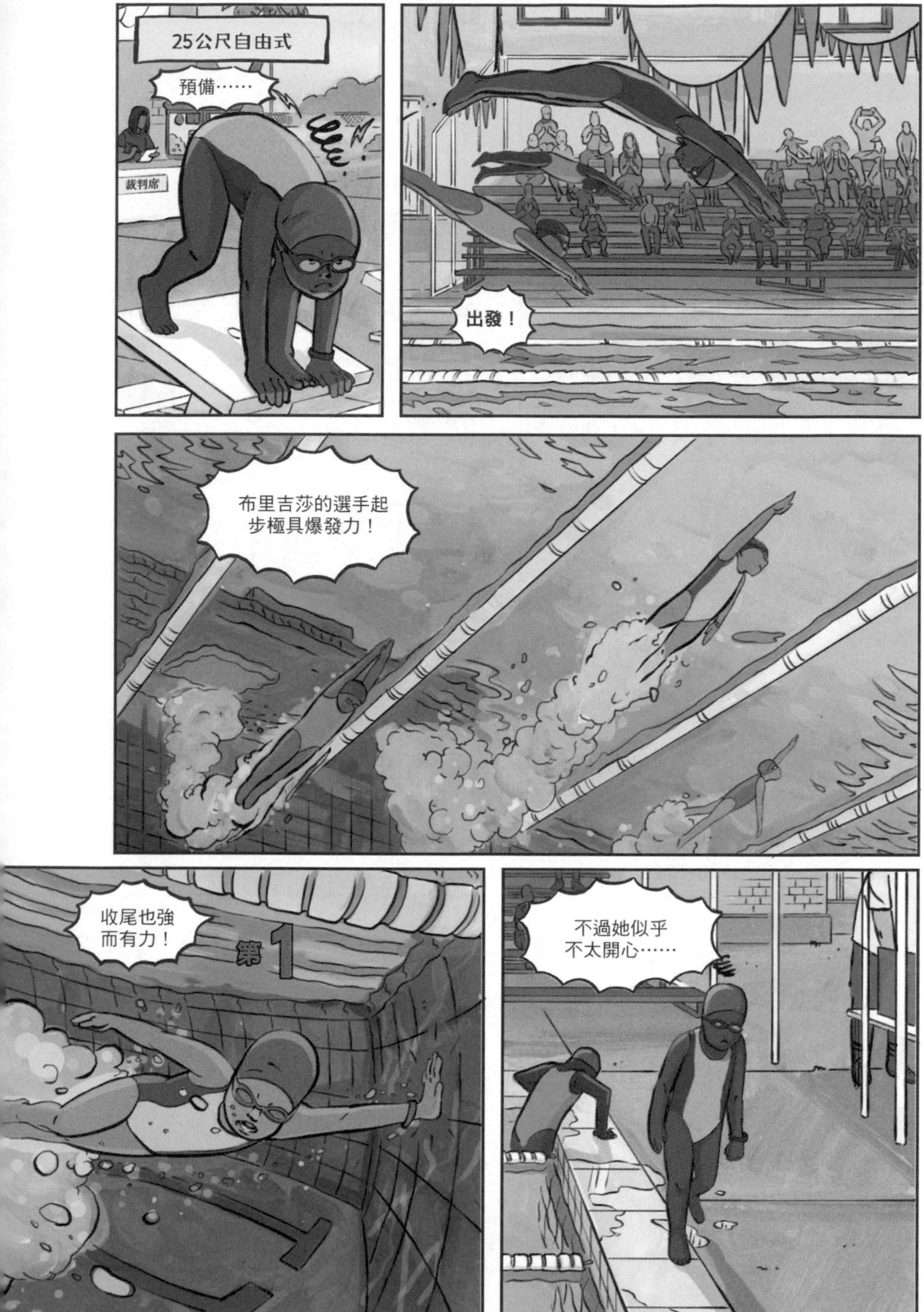
25公尺自由式
預備……
裁判席
出發！
布里吉莎的選手起步極具爆發力！
收尾也強而有力！
第1
不過她似乎不太開心……

混合接力賽
裁判席
虎鯊隊正在抵擋海牛隊強勢的挑戰！究竟哪一隊可以參加州錦標賽呢？
出發！
裁判席
布莉，你負責混合接力賽的蛙式。
等等要注意開放式轉身喔。
你還好嗎？你好像不太高興⋯⋯
布莉？

布莉，別搞砸了
轉身的動作。
布莉看起來
好像……
離牆面有點太遠了。
控制
不佳
蹬牆
力道不足
因此蹬牆的力道
不夠強。
不過她奮力的往前
游來彌補。
接下來是最後一棒！

比賽結果非——
常的接近！
我們來看看裁判的
判決。
喀噠
這場比賽不到最後一刻分不出
勝負……裁判們仔細的確認時間。
裁判席
恭喜伊妮絲·
布里吉莎隊——
你們將參加州
錦標賽！
我們辦到了！

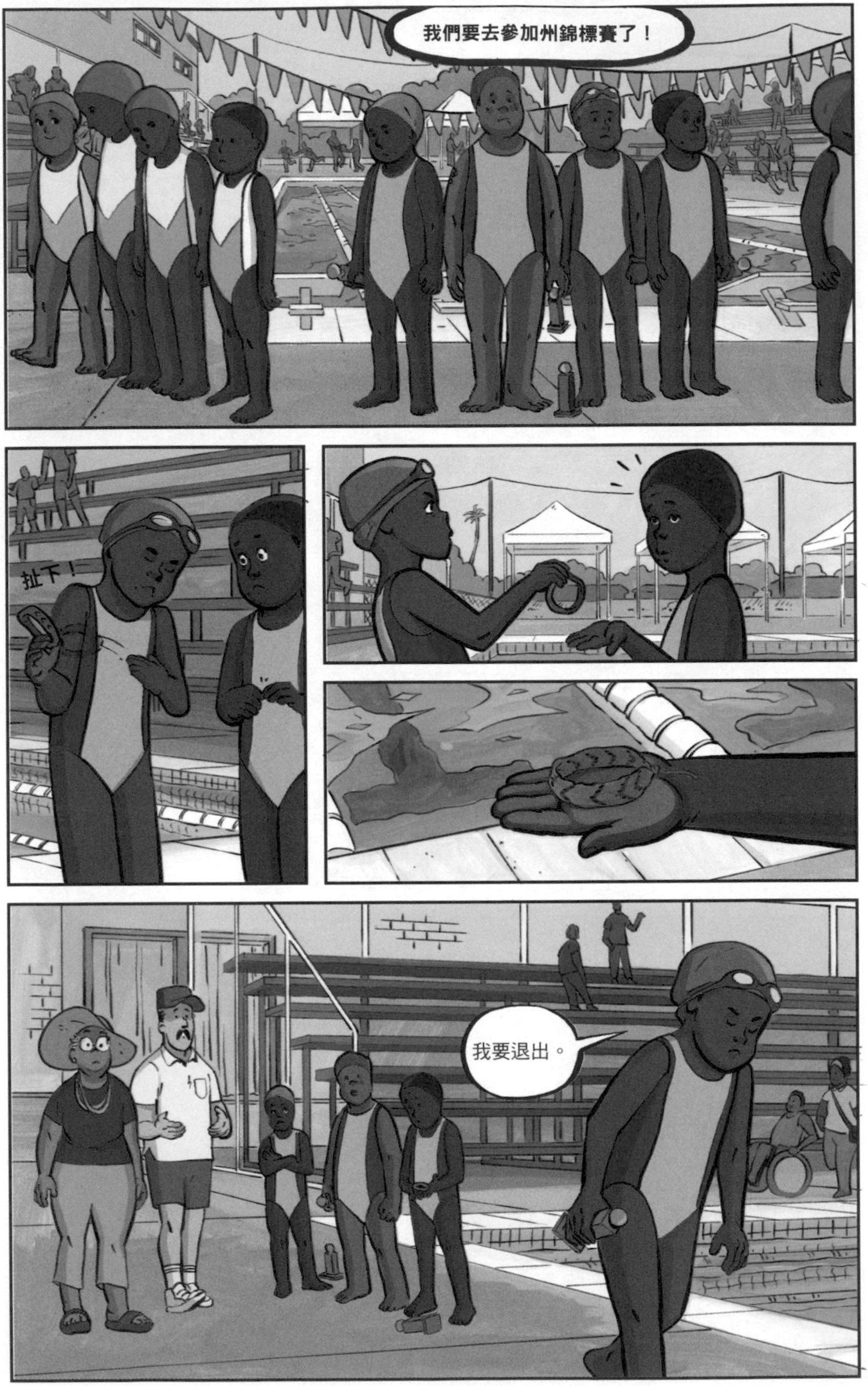
我們要去參加州錦標賽了！
扯下！
我要退出。

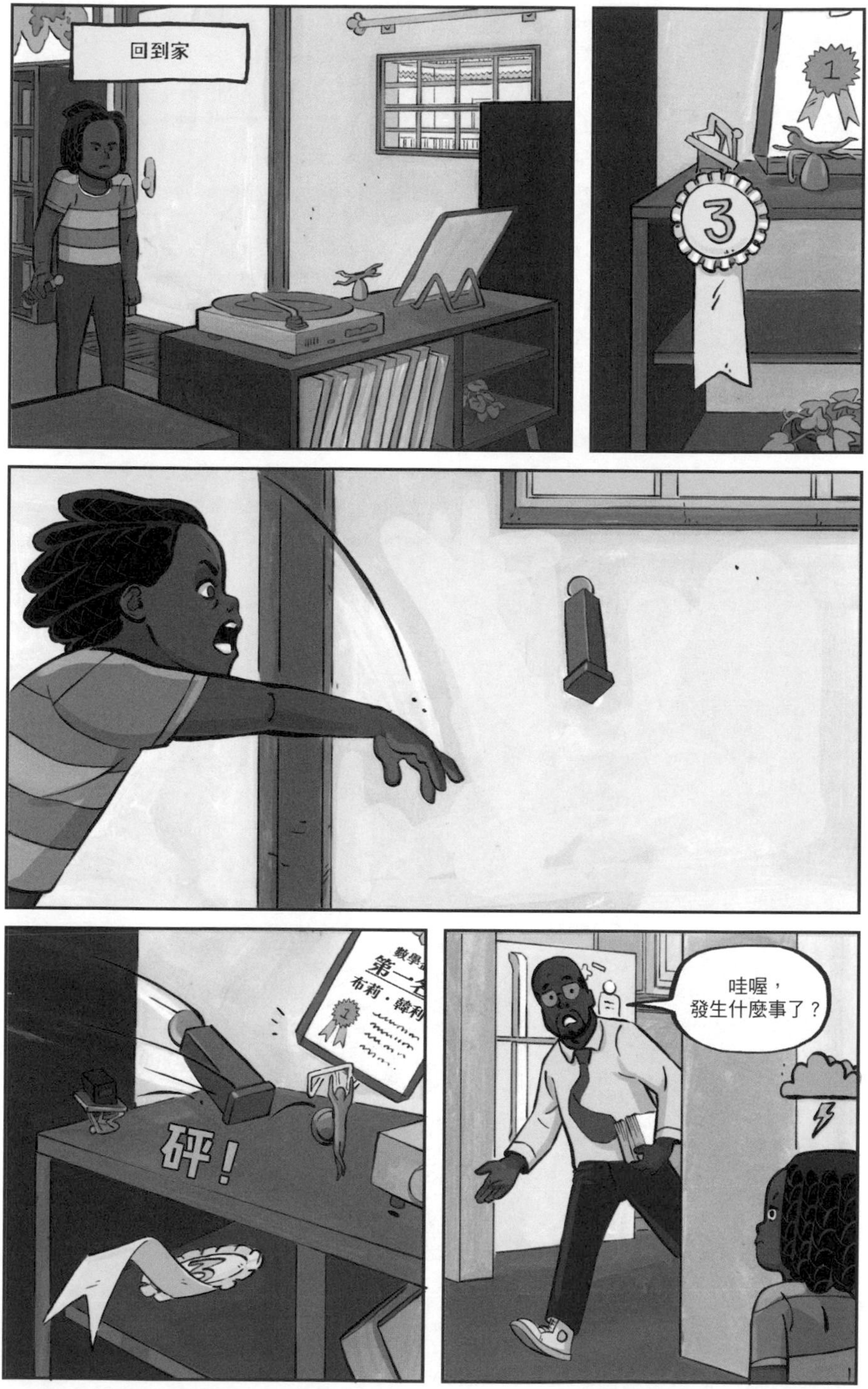
回到家
數學
第一
布莉・韓利
砰！
哇喔，
發生什麼事了？

來看我
比一場比賽有
這麼難嗎？
布莉……
對不起，我又有
事耽擱了——
你寧可把時間花在工作上，
也不願意陪我。
布莉，
那不是事實。
我承認同時做兩份工作讓我
難以應付，但我這麼做是為
了給我們更好的生活。
你不喜歡我加入游泳隊。
現在克萊拉也要離開了。

所以我失去了爸爸，
還有最好的朋友。
別再說了，
布莉。
好吧，你贏了，
我放棄了！
你放棄了？
很抱歉我讓你
失望了。

8

游泳姐妹花

州錦標賽當週
同學們，有什麼方法可以解決困難的問題？
布莉？
用倒推法？
答對了！
MATH
PEMDAS
海牛
#1
州錦標賽！
凱莎，關於游泳隊參加州錦標賽……
有什麼話要在校刊上說的嗎？
我一直都知道我們能夠參加州錦標賽。
有我在隊伍裡，這是毫無疑問的事。

布莉退出會讓比賽變得比較棘手嗎？
不，沒有影響。
嘖……凱莎還是老樣子。
嗨，布莉。
海莉？我沒有蹺課……
我是你的超級粉絲！你真是非常優秀的游泳選手……
因為你的關係，我也開始上游泳課了。
我也不會游泳。
（小聲）
我希望你能重新加入游泳隊。

布莉，我今天晚上做的全是你愛吃的喔。
豆子、米飯、大蕉……
你有在聽嗎？
聽到了啦！
我解開了我的益智玩具。
喀噠！
恭喜你。
現在把餐具擺好吧。
那個……你不打算回游泳隊嗎？
不要，這才是生活！
再也不需要晨練。
不必練習，不再爭吵，沒有勝利時的過度興奮。
也沒有克萊拉。
況且，我想她們還在生我的氣。
布莉，有件事情我應該告訴你……
我不會游泳。

是真的。我小時候差點溺死，從那之後就一直很怕水。
！
我沒有去看你的比賽，是因為游泳池會讓我緊張不安。
儘管我知道你在游泳池裡很安全。
很傻吧，可是我控制不了自己。
我只希望你知道，每次你毫不畏懼的游泳，都讓我感到很欣慰。
我非常以你為傲。
爸，謝謝你。

如果你不想再加入游泳隊，那也隨你，不過還是要和你以前的隊友保持聯繫喔。
因為她們不只是隊友，也是你的朋友，而每個人都需要朋友。
你不能把全部的時間都花在益智遊戲上。就算是像艾塔女士那樣愛好益智遊戲的人，也會跟你說同樣的話。
等一下，就是這個！**丟失的拼圖！**
爸，我想你剛才幫我解開另一個謎題了！

啊哈！
爸，你真是天才！
咦，為什麼？沒錯，我當然是……
為什麼我是天才？
艾塔女士弄丟的拼圖就是她的**朋友**！
你是在說她的拼圖嗎？
是也不是……
混合接力賽是她自己一個人沒辦法解決的難題。
爸，我們可以去一趟銀行嗎？
銀行？為什麼？
你需要貸款嗎？
我在路上再跟你解釋。
跳！
跳！

銀行
韓利先生，很高興再次見到你……
我能幫你什麼忙呢？
LOANS
我女兒有一幅拼圖，你可能是其中一片……
伊薇特女士，請問這是你嗎？
ONLINE
NO FEES
伊薇特・強森
混合接力賽：仰式
沒錯……不過是從哪裡……你是怎麼拿到那張照片的？
我是從你的老隊友艾塔女士那裡拿到的。她需要你們，需要她的老隊友。
好吧，你和你爸爸跟我來。
牙醫？
我們去找牙醫。

不久後
牙醫診所
嗡——嗡——
伊薇特？
是你嗎？
咱嘛啦？
艾塔有困難了，
需要我們的幫助。
潔米・班德
羅斯醫師
混合接力賽：
蛙式
抱歉，富蘭克林
先生，我們晚點
再來收尾。
威什嘛
這總似花生在我
身上……
那——你知道的，
我們隊裡的另一個人呢？
萬一艾塔不想見她
怎麼辦？
永遠的
游泳姐妹花，
不是嗎？
我想……
在發生了那件事之後，
萬一她們不願意和對方
說話怎麼辦？
發生了
什麼事？

遙想當年

我們在你這個年紀的時候，「法定」的游泳池種族隔離政策已經廢止。
當年
但種族隔離還是換個方式繼續存在。
很多公共游泳池變成了私人游泳池，而很多黑人無法加入會員。
僅限
會員進入
此外，很多公共游泳池都設在遙遠的白人社區裡面。
我們的游泳池小很多，而且資源不足。
我們的社區也在不斷的改變。黑人家庭搬進來，白人家庭搬出去。
不過有一小段時間兩邊是重疊的，社區和學校都是黑人與白人混合在一起。
我們的游泳隊也是如此。

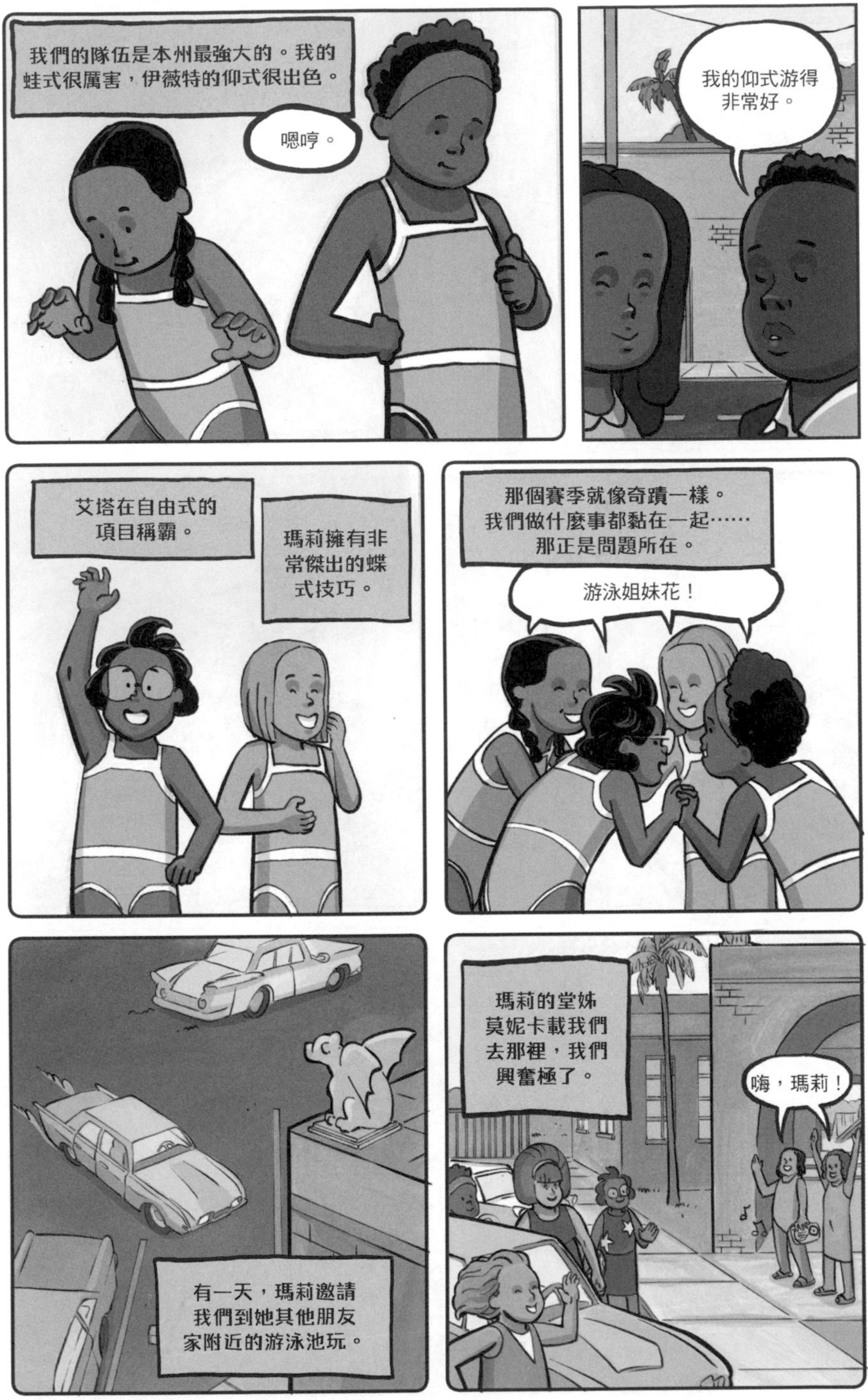
我們的隊伍是本州最強大的。我的
蛙式很厲害，伊薇特的仰式很出色。
嗯哼。
我的仰式游得
非常好。
艾塔在自由式的
項目稱霸。
瑪莉擁有非
常傑出的蝶
式技巧。
那個賽季就像奇蹟一樣。
我們做什麼事都黏在一起……
那正是問題所在。
游泳姐妹花！
有一天，瑪莉邀請
我們到她其他朋友
家附近的游泳池玩。
瑪莉的堂妹
莫妮卡載我們
去那裡，我們
興奮極了。
嗨，瑪莉！

門口的警衛讓瑪莉和她的朋友進去了，但是輪到我們的時候……
你們不能使用這個游泳池。
你說什麼？
你們不住在這裡。你們有身分證明文件嗎？
這是公共游泳池，一般民眾都可以使用！
先生，我們是一起的。我也不住在這附近。
瑪莉，你到底來不來？
對呀，我想要先去占一張躺椅，以免被人搶走了。
先生……
瑪莉！
小姐，這件事交由我來處理……

我需要
報警嗎？
瑪莉？
瑪莉拋下了我們，任由我們孤立無援。
現在滾吧！
我們的衣服還在莫妮卡的車上。我們轉搭了三班公車才回到家。
隔天早上就是州錦標賽，瑪莉並沒有到場。
沒有她，我們無法參加混合接力賽。我知道我們本來應該會贏的。

那真是遺憾。
我們要怎樣才能找到瑪莉？
她——
我知道她是誰了！
她是**小餐館**的老闆娘！
伊薇特？潔米？
你們來這裡做什麼？
艾塔出了什麼事嗎？

艾塔女士和學校需要你。
我加入了游泳隊。
艾塔帶領我們拚進州錦標賽，可是就像以前一樣，她需要隊友的協助。
要是她不需要我幫忙怎麼辦？
那你就必須說服她。
拼圖需要每一片才能完成，我們需要每個人都參與。
你不會想再當那片缺失的拼圖吧？
我……我不曉得……
我不知道艾塔會不會原諒你。
但要是有機會的話……
你不妨冒險一試。
對吧，爸爸？
唉呀，布莉……
我們走吧，她們幾個老隊友需要好好敘敘舊。

叮咚
會是誰呀？
哈囉？
冠軍，你最近
怎麼樣啊？
喔，我的
天哪……

伊薇特！
潔米！
真高興見到你們！
瑪莉？
她來這裡幹什麼？
對不起，我不應該來的。
turn
不行，這回不該再……
艾塔，我對於過去的事感到很抱歉。
我背棄了隊友，放棄做**對的事**。

我知道那是錯的……
但是我選擇了容易的做法，只是隨波逐流。
我為之前做過的事情道歉，艾塔。
對不起，伊薇特。對不起，潔米。我把事情搞砸了。
我很想念你們。
已經過了五十年，可是在我心裡，我們還是一個團隊，而且永遠都是。
現在既然你已經帶領游泳隊重回州錦標賽，那就讓我們幫你協助她們衝過終點線吧。

我不會再讓你或學校失望了。
艾塔，你覺得怎樣？游泳姐妹花？
（嘆氣）
游泳姐妹花。
好吧，我們來完成我們**起頭**的事吧！
Welcome

隔天在學校
圖書館
NEW
克萊拉？
嗨。
呃——嗨。
你在看什麼？
入學考試的數學科目。你知道的，超簡單的東西。
非常、非常的簡單。

其實，我有點擔心……
我可以幫你啊，坐過去一點。
我永遠搞不懂這些……
你一定會弄懂的，你辦得到的。
克萊拉，對不起，我退出了游泳隊。我以為你會離開，而我們就不再是朋友了。
才不會呢！我不在乎我要上哪一所學校。布莉，你是我最好的朋友，永遠都是。
永遠？
永遠。
你還留著我的友誼手環嗎？
當然啦！
什麼時候考試？
這個週末。
那我們有很多事要做了。

之後
圖書館
布莉？
我們聽說了你為游泳隊……還有為艾塔女士做的事，那真是太酷了。
那些說你自私的人錯了。
誰說我自私？
我……
很抱歉我丟下了游泳隊。
還有凱莎，對不起，我懷疑了你。
你為了我們吃了一盒甜膩的甜甜圈。
我想我喜歡你們，勝過討厭那些甜膩的甜甜圈。

我也
很抱歉。
我也是。
嗯。
團隊就像個
大家庭。
有時候家人
會示範怎麼做
翻滾式轉身。
或者說好笑
的笑話。
而且有點
煩人。
你們願意讓我回到隊上嗎？
看情況……你希望參加
混合接力賽的哪一棒？
唉唷！
好啦，好啦！
撞
布莉，請你
重新加入我們的
隊伍好嗎？
我爸爸說一隻蝴蝶
可以改變天氣，
我說四隻蝴蝶可以
改變世界。
數到三喊「游泳
姐妹花」喔……

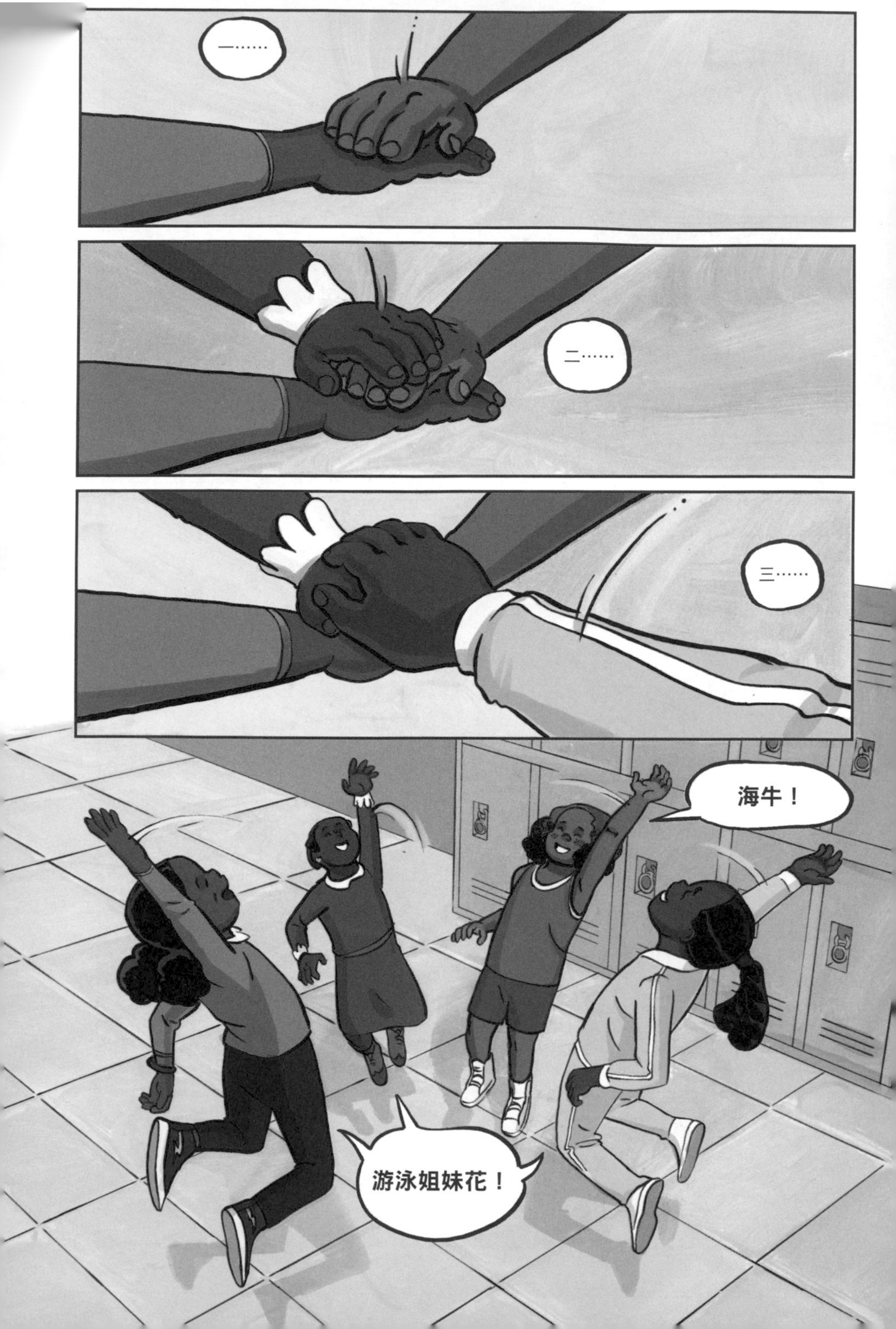
一……
二……
三……
海牛！
游泳姐妹花！

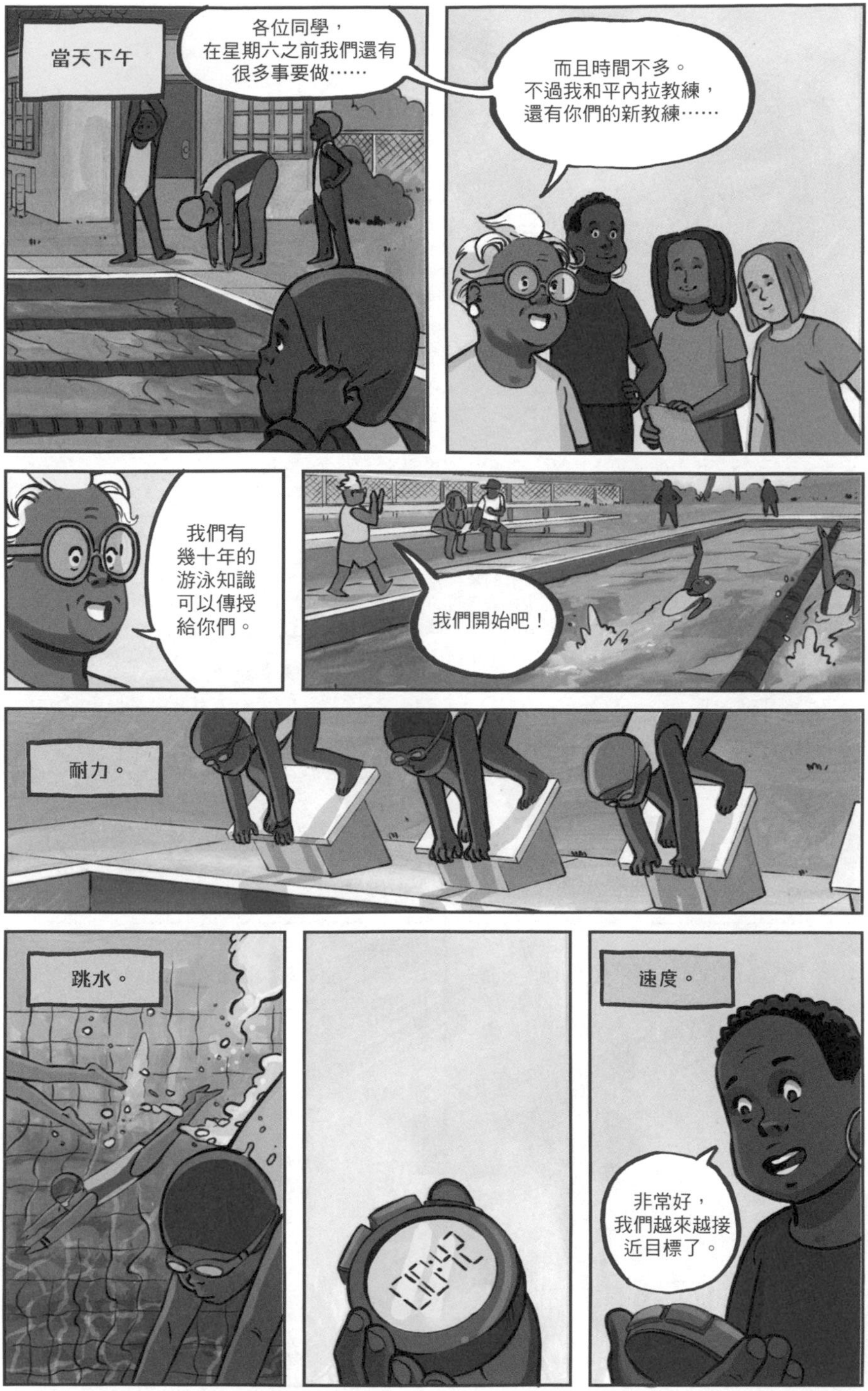
當天下午
各位同學，在星期六之前我們還有很多事要做……
而且時間不多。不過我和平內拉教練，還有你們的新教練……
我們有幾十年的游泳知識可以傳授給你們。
我們開始吧！
耐力。
跳水。
速度。
非常好，我們越來越接近目標了。

菲莉帕，怎麼了？
我……我浮得不是很好。
其他同學都取笑我，他們叫我船錨。
或許那是因為你是隊上的精神支柱，即使在訓練最辛苦的時候，也能振奮大家的精神。
你讓隊伍不會漂離軌道。
而且，我覺得你的蛙式很特別……
真的嗎？
事實上，改游蛙式或許可以讓你不用再坐冷板凳，同時解決我們混合接力賽的問題……

9

州錦標賽

親愛的，
很抱歉我今天
沒辦法去。
沒關係的，
爸。
今天是我的
培訓計畫最後
一次簡報。
我了解，
真的。
祝你今天
好運，布莉。
你也是。
去好好游個
幾趟吧！
親一下
哇——
呼——
看來
艾塔準備
好了。
海牛之
光！

州錦標賽
聖約克預備中學
令人驚嘆的蒼鷺主場
搓揉
撕
好多
游泳迷……
歡迎佛羅里達州頂尖的
中學游泳隊進場！

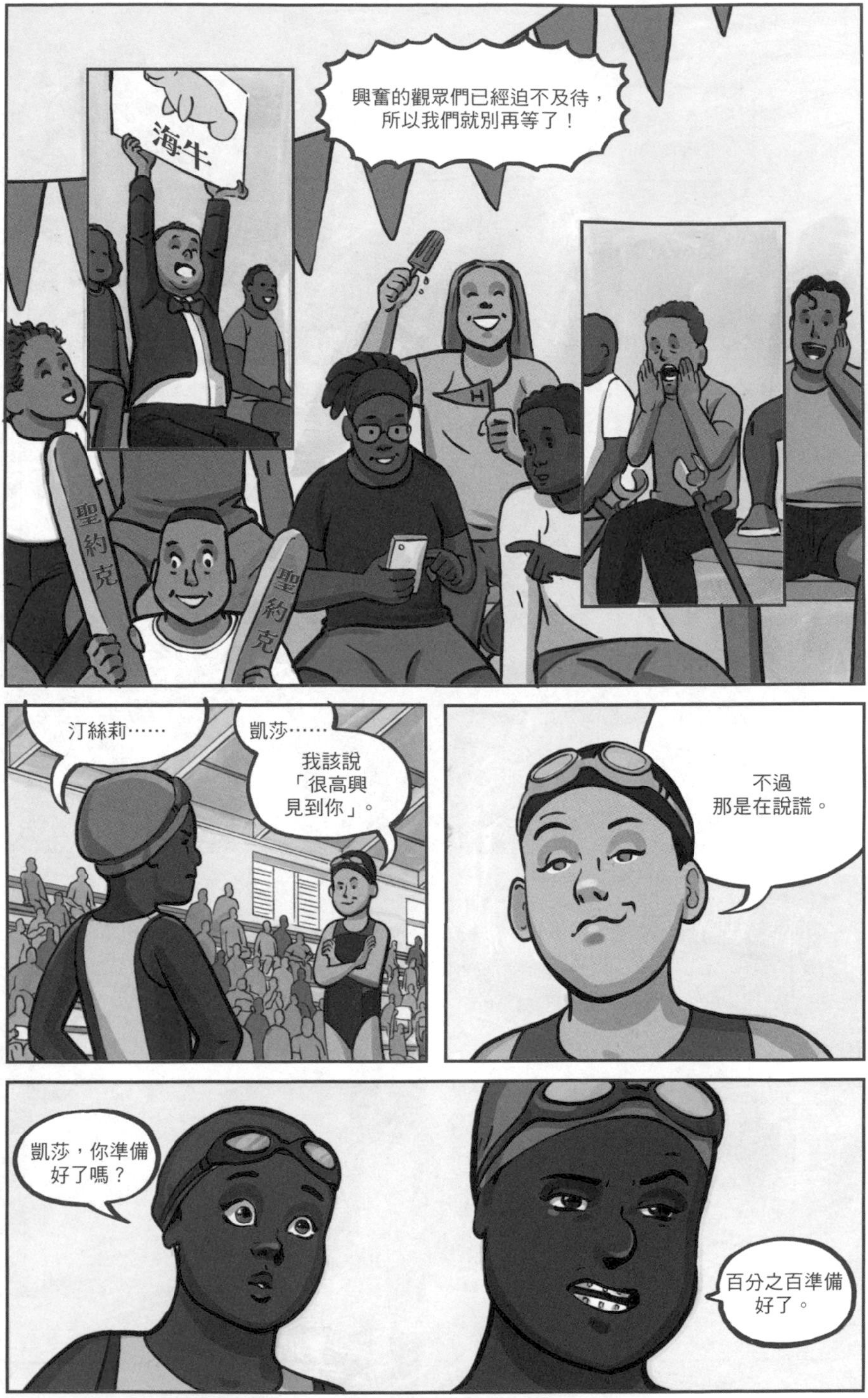
海牛
興奮的觀眾們已經迫不及待，所以我們就別再等了！
H
聖約克
聖約克
汀絲莉……
凱莎……
我該說「很高興見到你」。
不過那是在說謊。
凱莎，你準備好了嗎？
百分之百準備好了。

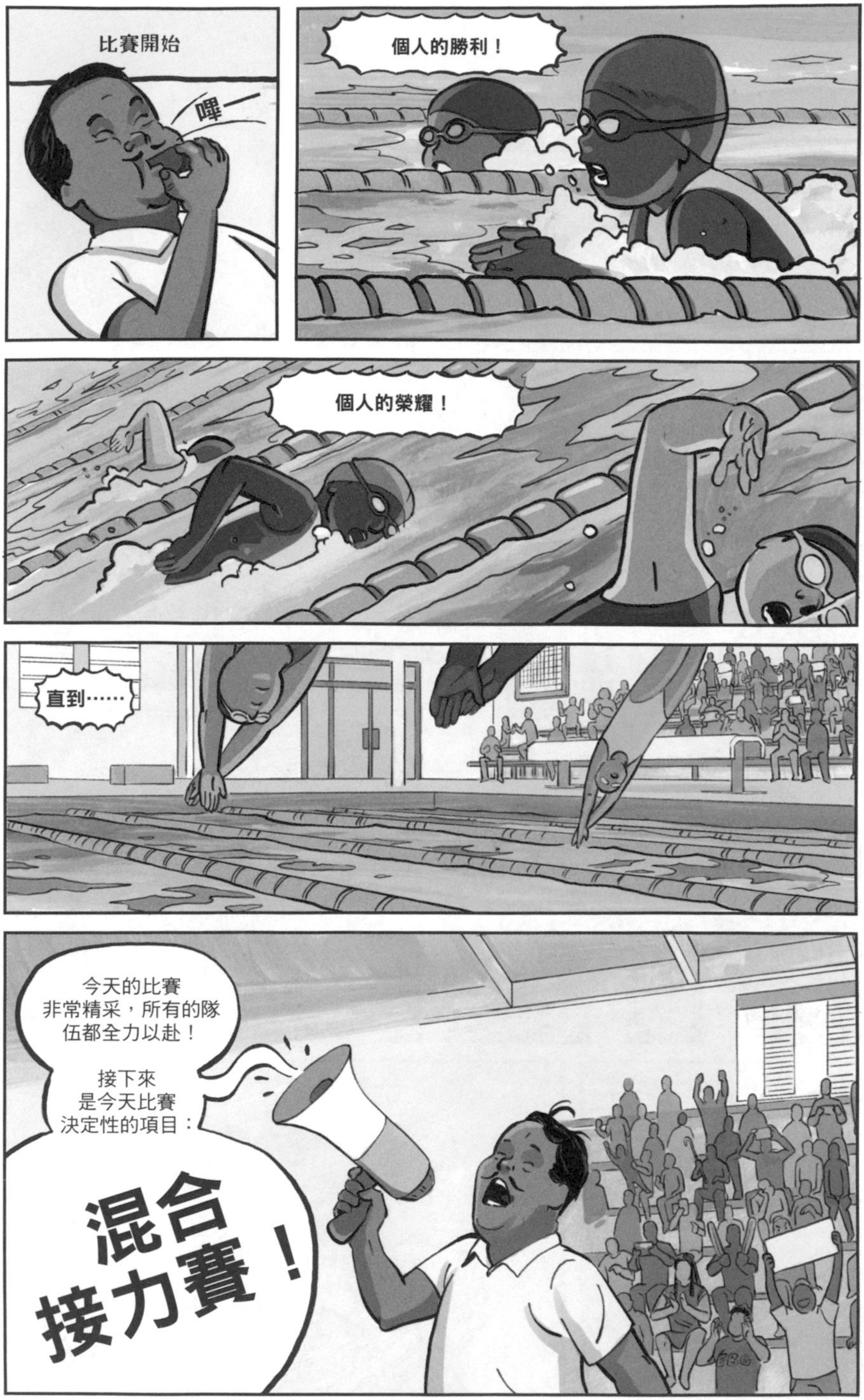
比賽開始
嗶——
個人的勝利！
個人的榮耀！
直到……
今天的比賽非常精采，所有的隊伍都全力以赴！
接下來是今天比賽決定性的項目：
混合接力賽！

凱莎，我們
需要你游仰式
當強而有力的第一棒。
接著菲莉帕負責蛙式。
這樣沒問題吧？
我明白了，教練，
蛙式交給菲莉帕
絕對沒問題。
克萊拉，你排第三棒。
我們需要你發揮蝶式的技巧，
然後……
布莉是最後一棒。
你永不放棄的態度會
為我們帶來勝利！
好了，各位，
你們知道該怎麼做。
艾塔，你最後要
給她們什麼寶貴的
建議嗎？
好好享受
比賽！

選手們走向出發跳臺……
各就各位……
吐氣
嗶！

選手們的起步都極具
爆發力！
在仰泳賽段展現了絕佳的
姿勢和速度。
我們對今天在這裡參賽的
隊伍抱著深切的期望。

最先游近池壁的
是新崛起的布里
吉莎隊的選手。
菲莉帕，
注意跳水的
動作！
她們的第二棒可以
繼續保持優勢嗎？
撲通！
唉呀……
咕嚕……
這次跳水跳得
不算好。

聖約克趁機占了上風，展現出她們年年奪下混合接力賽冠軍的實力。
布里吉莎隊落在後頭，她們沒有機會了嗎？
去吧，克萊拉！
我們將在蝶式賽段見分曉。
飛吧！

最後一棒了，兒童池，你準備好了嗎？
汀絲莉，你聽起來很害怕啊。
啊？不會吧……
不好意思……
不好意思……對不起……
爸！
爸，你來了！
加油，布莉，加油！
唉呀！

翻轉！
這樣好多了。
布莉，加油！
克萊拉快游過來了！
我知道了。
我準備好了！
待會見啦，
兒童池！
聖約克的最後一棒
出發了，有人能夠
挑戰她們嗎？
布里吉莎隊
來勢洶洶……
而且她們
很有決心！

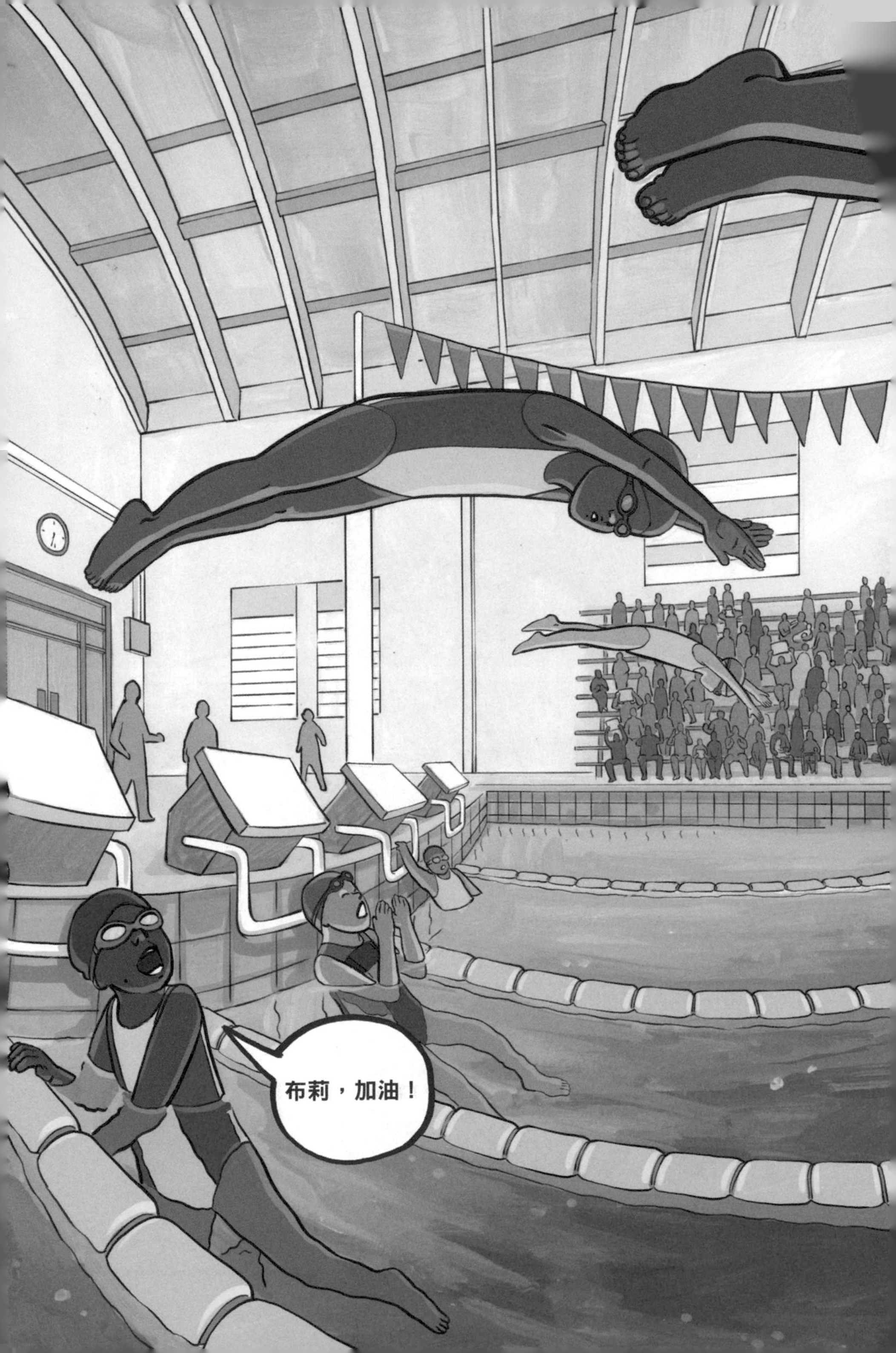
布莉，加油！

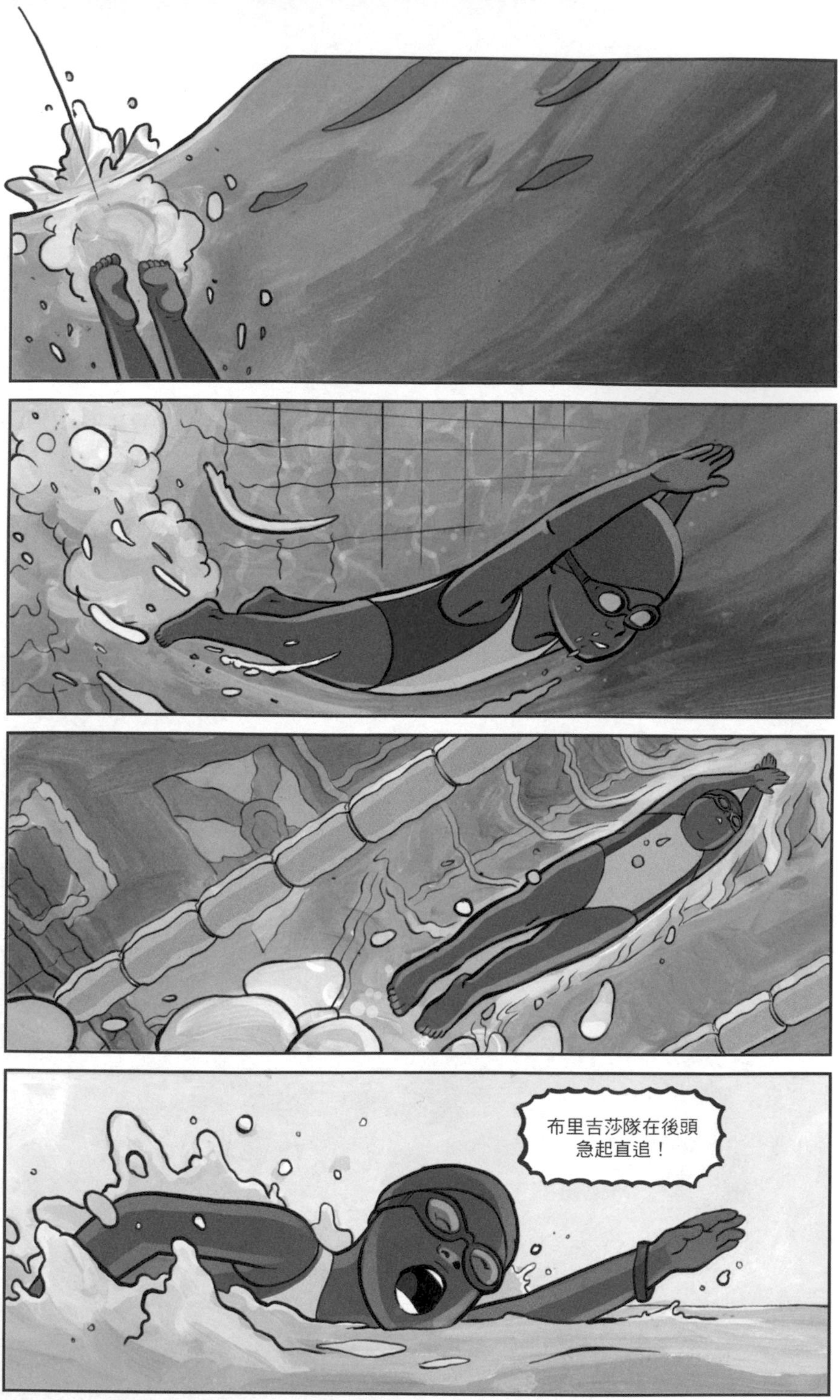
布里吉莎隊在後頭
急起直追！

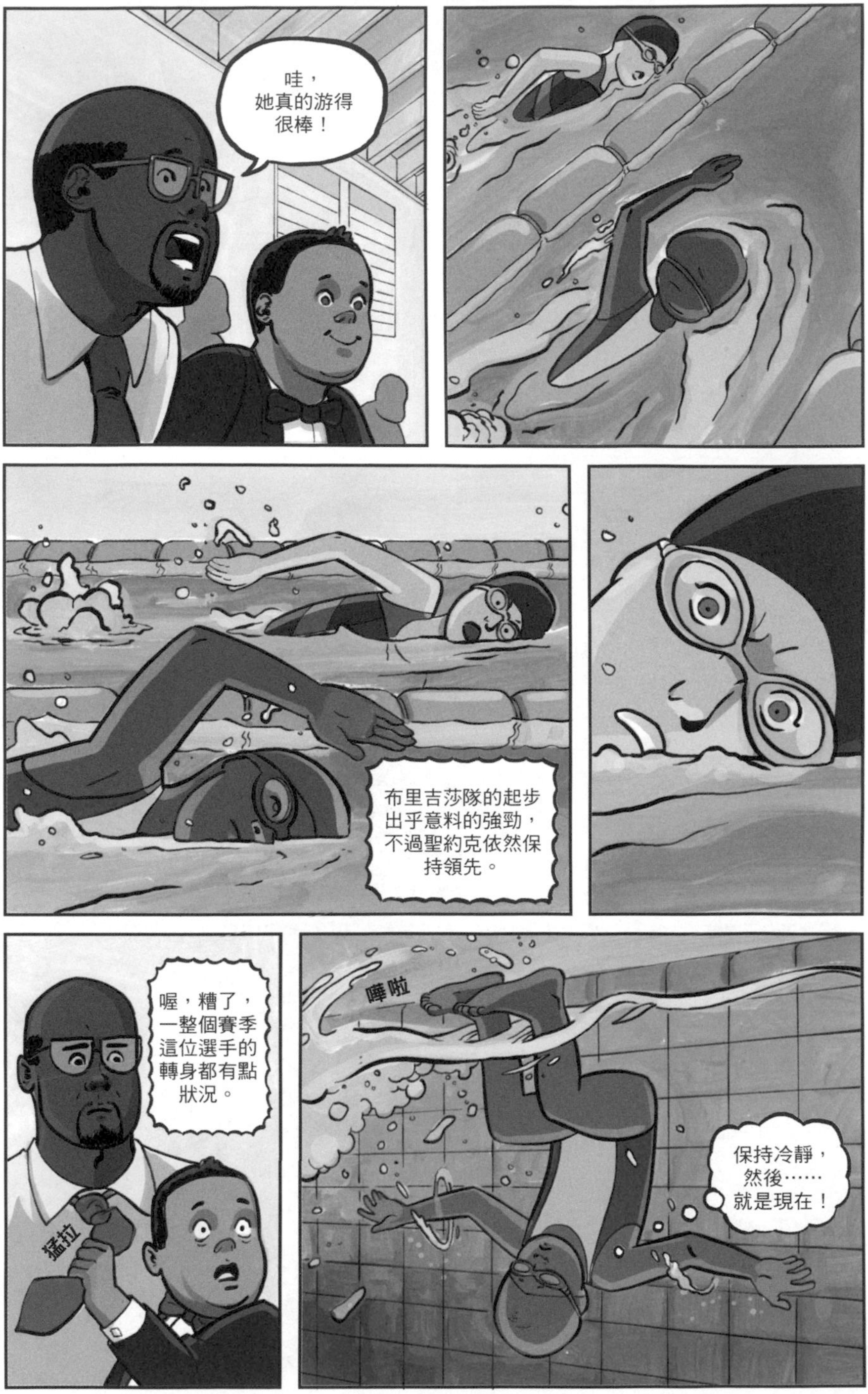
哇，
她真的游得
很棒！
布里吉莎隊的起步
出乎意料的強勁，
不過聖約克依然保
持領先。
喔，糟了，
一整個賽季
這位選手的
轉身都有點
狀況。
猛拉
嘩啦
保持冷靜，
然後……
就是現在！

太好了！
布莉辦到了，
她順利的轉身了！
她——
呼！
亨伯特？
你沒事吧？
她們
來——了！

兩隊實力相當，
海牛縮短了差距！
布莉，加油！
堅持到最後！
不過這樣是
否能夠──
啪！

赢了！

太棒了！
海牛

我——
我們贏了！
游泳
姐妹花！
游泳姐妹花！
哇喔！
哈哈！
艾塔女士，我們辦到
了！我們贏了！

我們的冠軍是
伊妮絲・布里吉莎中學！

汀絲莉？
凱莎……我——
哼！
揮開！
恭喜，你們游得很好。
謝了，汀絲莉。
你們的教練好像很生氣……
你們居然輸了？我們給了你們那麼多機會，你們就是這樣回報我們的！
一群廢物！

我們才不是廢物！
你說什麼？
我們輸掉了州錦標賽，可那並不表示我們就是廢物。
你們要去哪裡？
猛轉
不准給我離開！
總算……真是鬆了一口氣。
嘿嘿，她活該！
好啦……好啦。

我們要去吃漂浮冰淇淋慶祝，
你們要一起來嗎？
來嘛，會很
好玩的。
你的蹬牆技巧
很棒呢。
真的嗎？
謝謝你，
汀絲莉。
改天可以示範
給我看嗎？

小餐館
布莉！
我通過數學考試了！
恭喜你，克萊拉！
謝了，我有個很棒的家教。
所以就這樣了，你明年真的要去念聖約克嗎？
我會想念你的。

你在說什麼啊？我還是跟你住在同一棟公寓，你每天都會看到我啊！
喔，對耶！
而且我需要一位家教來維持我的數學成績。
只要你願意幫忙改進我的蝶式。
那當然！

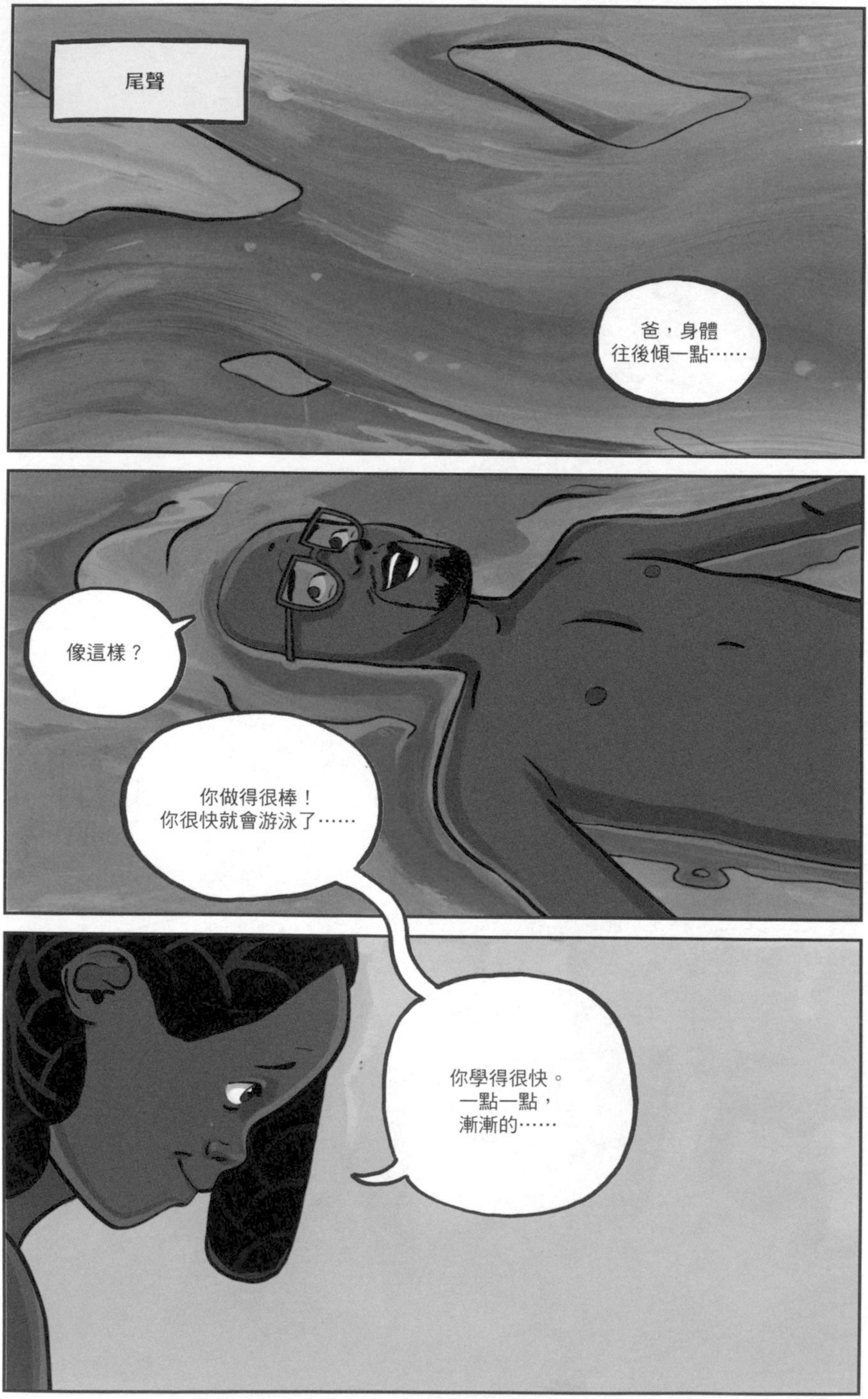
尾聲
爸，身體
往後傾一點……
像這樣？
你做得很棒！
你很快就會游泳了……
你學得很快。
一點一點，
漸漸的……

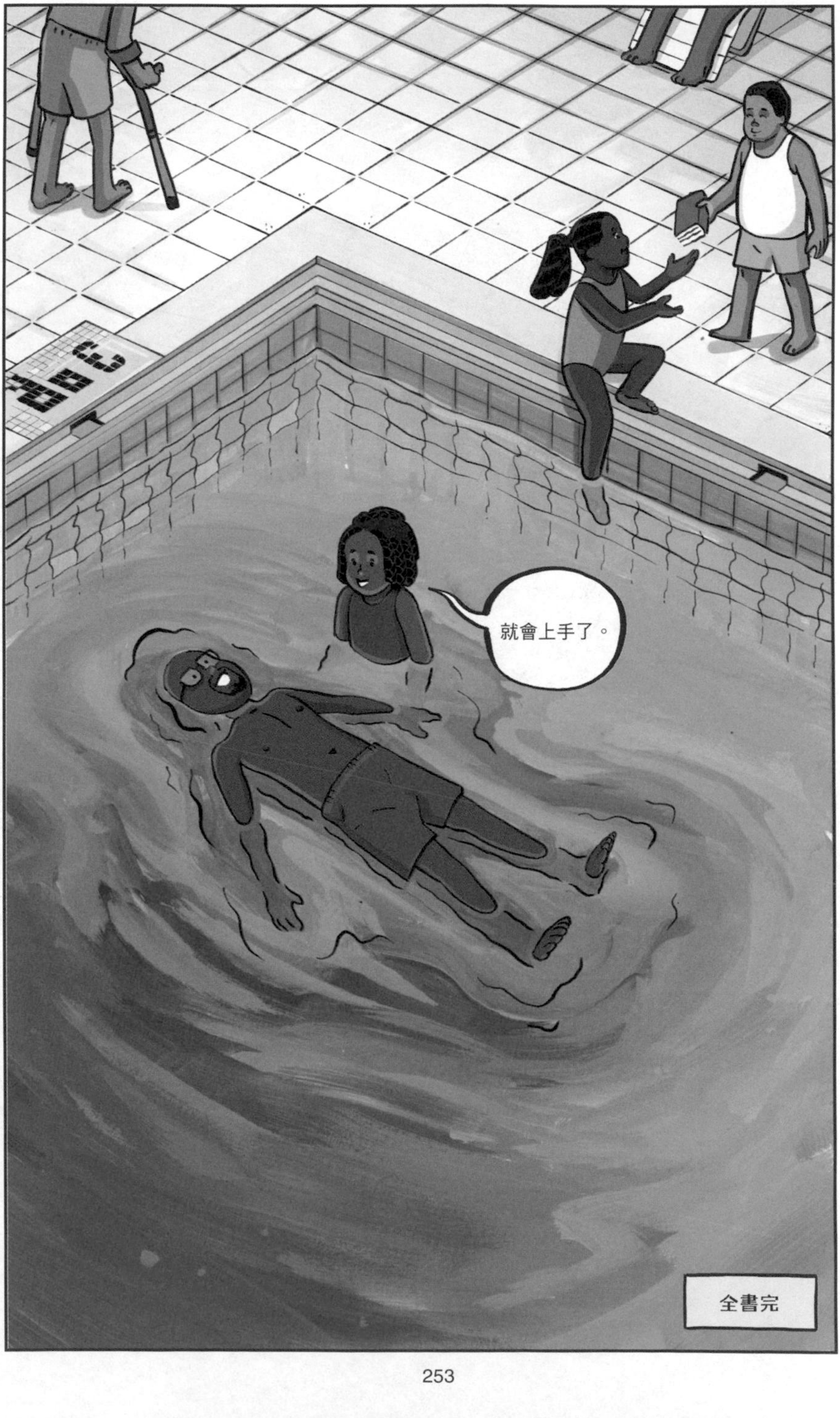
就會上手了。
全書完

少年天下系列 —— 095

前進吧！游泳隊

作　　者｜強尼・克里斯馬斯（Johnnie Christmas）
譯　　者｜黃意然

責任編輯｜李幼婷
特約編輯｜黃慧文
封面設計｜Dinner Illustration
內文版型｜王薏雯
行銷企劃｜葉怡伶

天下雜誌群創辦人｜殷允芃
董事長兼執行長｜何琦瑜
媒體暨產品事業群
總經理｜游玉雪
副總經理｜林彥傑
總編輯｜林欣靜
行銷總監｜林育菁
副總監｜李幼婷
版權主任｜何晨瑋、黃微真

出版者｜親子天下股份有限公司
地址｜台北市104建國北路一段96號4樓
電話｜（02）2509-2800　傳真｜（02）2509-2462
網址｜www.parenting.com.tw
讀者服務專線｜（02）2662-0332　週一～週五：09:00~17:30
傳真｜（02）2662-6048　客服信箱｜parenting@cw.com.tw
法律顧問｜台英國際商務法律事務所・羅明通律師
製版印刷｜中原造像股份有限公司
總經銷｜大和圖書有限公司　電話：（02）8990-2588

出版日期｜2024年7月第一版第一次印行
定　　價｜420元
書　　號｜BKKNF088P
I S B N｜978-626-305-973-3

訂購服務

親子天下 Shopping｜shopping.parenting.com.tw
海外・大量訂購｜parenting@cw.com.tw
書香花園｜台北市建國北路二段6巷11號　電話（02）2506-1635
劃撥帳號｜50331356　親子天下股份有限公司

立即購買 >

有聲故事書

國家圖書館出版品預行編目(CIP)資料

前進吧！游泳隊 / 強尼・克里斯馬斯(Johnnie Christmas)著；黃意然譯. -- 第一版. -- 臺北市：親子天下股份有限公司, 2024.07
256面；14.8×21　公分. --(少年天下；95)
譯自：Swim team
ISBN 978-626-305-973-3(平裝)

874.59　　113007416